Senta Meyer

Doktor Onkel

Senta Meyer wurde in
Halle an der Saale geboren.

Sie war schon als kleines
Kind sportlich aktiv,
trainierte Turnen und
Wasserspringen und ging
dann ab der 5. Klasse
auf die dortige Sportschule.

Nach dem Abitur und
einem praktischen
Pflichtjahr studierte sie
in Berlin Medizin.

Doch bereits gegen Ende
des 2. Jahres verwehrte
man ihr die Fortsetzung,
ohne dass sie die
Gründe dafür erfuhr.

Sie wurde in ihrer neuen
Wahlheimat Trainerin
und machte sich nach der
Wende selbstständig.

Erst vor wenigen Jahren
erfuhr sie die wahren
Hintergründe, die dazu
führten, dass ihr Studium
so abrupt endete und
ihrem Leben eine andere
Richtung aufdiktierte.

Heute lebt die Autorin
mit ihrem Mann
und zwei lieben,
verrückten Hunden
in Mecklenburg/
Vorpommern.

Senta Meyer

Doktor Onkel

GUILTY

1. Auflage, 2021

Coverdesign: Irene Repp
https://daylinart.webnode.com
© iuliia_n - stock.adobe.com
© AILA_IMAGES - stock.adobe.com
© pockygallery11 – stock.adobe.com
Illustrationen innen: © Margrit Lubs
Innenseiten:
© pockygallery11 – stock.adobe.com, © Prazis Images – stock.adobe.com, © Syda Productions – stock.adobe.com, © artyme – stock.adobe.com, © captblack76 – stock.adobe.com, © Pippa West – stock.adobe.com, © Dragos Iliescu – stock.adobe.com,
© A. Schmidt
Printed in Europe
ISBN 978-3-948479-06-0

Manchmal sind die Dinge gar nicht so,
wie man sich's vorgestellt hat,
sondern besser …
(Rosenstolz)

Mich soll's wundern …
(Papa Uwe)

Ich konnte euch überraschen,
doch das Beste war, dabei die Freude
in euren Augen zu sehen.
Liebe Arite, Margrit, Susanne,
lieber Andi und Thomas,
habt ganz, ganz herzlichen Dank.

Du meintest, das schreit förmlich
nach einer Fortsetzung.
Ja, Margrit, vielleicht …

😉

Mein Name

Ich heiße Tom Onkel. Und genau dieser Name brachte mir zeit meines Lebens nur Probleme ein.

Als kleines Kind hieß ich nur `großer Onkel´, obwohl ich kaum länger war als meine Kameraden. Manchmal nannten sie mich auch `böser Onkel´, meistens dann, wenn ich mein Spielzeug nicht teilen wollte. `Guter Onkel´ dagegen war verdammt selten, vielleicht nur, wenn ich mal etwas von meinem Pudding oder Eis abgab. Aber keiner meiner Freunde nannte mich je Tom …

In der Schule wurde es noch schlimmer. Alle möglichen Adjektive kombinierten die Klassenkameraden mit meinem Nachnamen, je nachdem, in welcher Stimmung sie gerade waren.

Oft wurde mir auf dem Nachhauseweg sogar noch hinterhergerufen: `Onkel Tom geht in seine Hütte.´

Kinder können so verletzend sein und gemein …

Ich kam oft weinend nach Hause gerannt und versteckte mich anschließend im Schuppen. Einmal setzte sich mein Vater zu mir, hörte sich mein Leid an und nickte mitfühlend und verstehend.

„Ich weiß, mein Sohn, das ist schon schlimm. Du kannst mir aber glauben, die meinen das nicht so."

„Können wir denn nicht unseren Namen ändern? Ich würde so gerne Lehmann oder Müller, von mir aus auch Meier oder Schmitt heißen. Eben einfach nur einen ganz normalen Namen haben."

„Nein, das geht nicht. Das ist unser Name und auch du wirst irgendwann einmal stolz auf ihn sein." Dabei schaute er mich mit seinen großen, gütigen Augen an und nickte mir aufmunternd zu.

Aber das half mir gar nichts, irgendwann einmal war schließlich nicht heute! Also schluchzte ich weiter. Das Leben ist sooo ungerecht!

Da zwickte mich mein Vater in den Oberarm und als ich ihm endlich in die Augen schaute, sagte er: „Ich verrate dir jetzt ein großes Geheimnis. Unser beider Geheimnis, okay?“

Er wartete so lange, bis ich kräftig nickte. Ich wischte mir auch sofort die Tränen aus dem Gesicht, schließlich war ich keine Heulsuse. Und Geheimnisse waren toll …

„Solange du zur Schule gehst, wird sich das nicht ändern“, begann mein Vater. „Mach dir einen Spaß daraus und schreibe all die Namen, die man dir verpasst, in ein Büchlein. Später wirst du deinen Kindern davon erzählen können und mit ihnen darüber lachen.“

Er schaute mich an, ich lächelte und nickte immer noch. So weit hatte ich das verstanden.

„Doch die nächsten Jahre ist keine Besserung in Sicht“, redete er weiter, „aber sobald du aus der Schule heraus bist, hast du es geschafft. Schlagartig hört das alles dann auf.“

„Kann ich denn nicht jetzt schon aufhören? Ich meine mit Schule?“

Das war doch die Lösung all meiner Probleme. Wieso war denn mein Vater noch nicht darauf gekommen?

„Nein mein Sohn, du bist zwar ein kluger Bursche, aber lernen musst du noch ganz viel", sagte er grinsend. „Viele, viele Jahre, um genau zu sein. Ich möchte, dass du stark wirst im Nehmen, denn jetzt weißt du, dass es nicht ewig so weitergeht. Und wer zuletzt lacht, hat gewonnen. Verstehst du das?"

Er sah mich erneut fragend an. Ja, ich hatte verstanden. Obwohl ich meine Lösung besser fand, aber das behielt ich nun doch lieber für mich.

Dann zwinkerte mir mein Vater zu und ich zwinkerte nur einen winzigen Moment später zurück. Das war jetzt unser Zeichen, welches wir oft und bei jeder erdenklichen Situation verwenden würden …

Aber damals ließ ich ihn einfach sitzen und rannte sofort los. Erst in mein Zimmer, mein Sparschwein musste dran glauben, dann in den Tante-Emma-Laden um die Ecke.

Da lagen viele Hefte und ich wählte ein kleines handliches Format, welches auch in die Hosentasche passte. Aber dick war es schon, trotzdem, ich brauchte bestimmt bald ein neues …

Dann hatte ich sie endlich geschafft, die Schule. Als ich mein Abiturzeugnis stolz in den Händen hielt, nickte mein Vater kräftig und zwinkerte mir wieder zu. Ja, jetzt hatte ich es geschafft!

Bis zum Beginn meines Studiums jobbte ich bei einem Italiener, dort rief man mich immer nur Tom. Und da erst merkte ich, dass Adjektive vor dem Namen auch gut sein können. Der \`flinke Tom´ zum Beispiel. Oder der \`nette Tom´. Meine Favoriten waren aber eindeutig der \`Turbo-Tom´ und der ´Düsen-Tom´. Ich strahlte jeden Tag aufs Neue, hatte ich doch endlich mein Kindheitstrauma abgelegt, nun war ich erwachsen.

Das hätte auch weiterhin geklappt, wenn ich wie mein Vater Wissenschaftler geworden wäre. Aber nein, so einfach wollte ich mir das nicht machen. Und promovieren musste ich auch noch, aber der Reihe nach …

Im September begann ich mein Studium und der erste Tag wird immer in meinem Gedächtnis bleiben, er ist dort regelrecht eingebrannt.

Die Uni begrüßte die neuen Studenten mit einem Tag der offenen Tür, überall waren Informationsstände aufgebaut, an vielen Ecken wurde musiziert und man fand sich in Gruppen zusammen. Die neuen und die alten Hasen sozusagen.

Als Erstes ging man in die Mensa, dort sollte man sein Namensschild und einen Paten erhalten. Das waren Studenten aus dem 3. Semester. Wir Neuen bildeten eine Schlange, doch es ging recht zügig voran.

An einem Tisch wurde man nach seinem Nachnamen, dem Vornamen und Geburtsdatum gefragt, und dann hielt man das sehnsüchtig erwartete Schildchen auch schon in den Händen. Da keiner hier die Zeit vertrödeln wollte, ging das wirklich recht fix.

„Müller, Michael, 22.6.1986", so hörte sich das zum Beispiel bei dem Jungen vor mir an.

Dann kam ich an die Reihe und aus irgendeinem Grund war ich plötzlich ganz aufgeregt.

Nun, der Grund war mir schon klar, sie war es, die hinter dem Tisch saß und so freundlich lächelte …

„Hallo, ich bin Bianca, deine Patin. Und wer bist du?“

Ich starrte sie an und bekam kein Wort heraus, bemerkte aber ihren auffordernden Blick.

„Ich bin dein Onkel Tom“, sagte ich schnell, immer noch leicht verwirrt. Und mein Geburtsdatum hatte ich zwischenzeitlich auch vergessen.

Ab da war alles anders, nichts lief so wie bei den Jungen und Mädchen, die vor mir dran waren. Denn Bianca bekam große Augen.

„Du bist mein Onkel Tom? Ich wusste ja gar nicht, dass ich noch einen Onkel habe. Oh, das ist ja toll, Wahnsinn. Ich freue mich so.“

Das sagte sie schon im Stehen und dann bekam ich diverse Küsse auf beide Wangen. Das waren bestimmt nicht meine ersten Schmatzer, aber hier hatte ich sie nicht erwartet.

Peinlich berührt schaute ich mich um. Aber die anderen Studenten bekamen entweder nichts mit oder schauten neidisch. Bevor ich etwas sagen konnte, bugsierte mich Bianca nach draußen.

„Dort unten ist eine Cafeteria, geh schon mal hinein, ich komme bald nach. Ich freu mich ja so, Onkel Tom. Wenn ich das meiner Mama erzähle“, meinte sie und zeigte dabei auf ein großes Gebäude.

Und weg war Bianca und ich stand noch vor der Mensa. Ohne ersehntes Namensschild, aber mit einer vermeintlich neuen Verwandten.

Biancas Reaktion kam so schnell und unerwartet, dass ich völlig überrumpelt war. Auch jetzt schüttelte ich erst einmal nur den Kopf.

Dann machte ich mich auf den Weg zur Cafeteria, bis mir die Situation voll bewusst wurde. Ich kehrte auf dem Absatz um, ging zurück in die Mensa, diesmal direkt zu Bianca, ohne mich in die Schlange einzureihen und stand wieder vor ihrem Tisch. Ich beachtete auch nicht den zukünftigen Kommilitonen, der gerade kurz davor war, sein Namensschildchen zu ergreifen.

„Ich bin nicht dein Onkel Tom, ich heiße so. Tom Onkel, 15.4.1986. Und jetzt hätte ich auch gerne so ein Schildchen. Und wenn du willst, können wir danach in die Cafeteria gehen."

Ohne eine Pause für Punkt und Komma zu machen, hatte ich diese Sätze von mir gegeben. Bianca wurde plötzlich rot, entschuldigte sich und ich bekam endlich mein Schild.

In die Cafeteria sind wir nicht mehr gegangen, aber als Patin war sie super …

Das Studium selbst hat mir ausgezeichnet gefallen und ich wusste, das würde für mich genau der richtige Job sein. Nur die Namensverwicklungen machten mich mürbe. Mein Vater lachte immer wieder, wenn ich ihm einige Kostproben gab.

„Tja, Augen auf bei der Berufswahl, mein Sohn", meinte er dann augenzwinkernd.

Ich verzog nur das Gesicht. Ich wusste, er hatte recht. Warum musste ich auch Medizin studieren? Später promovierte ich und durfte mich dann offiziell `Doktor Onkel´ nennen, doch das machte eigentlich keinen Unterschied mehr …

Der Blinddarm im Hals

Meine Frau lernte ich während der Zeit kennen, als ich Assistenzarzt war. Einmal wurde ich auf die innere Station eingeteilt und sollte die Anamnese einer neuen Patientin aufnehmen.

Als ich in das Zimmer kam, sah ich nur in ihre grünen Augen und war augenblicklich gefangen darin. Aufsteigende Hitze, Stottern, fahrige und zittrige Bewegungen waren die Anzeichen.

Nachdem ich mich so halbwegs gefangen hatte und einen seriösen Eindruck erwecken wollte, befühlte ich ihre Lymphknoten am Hals und unter dem Kinn.

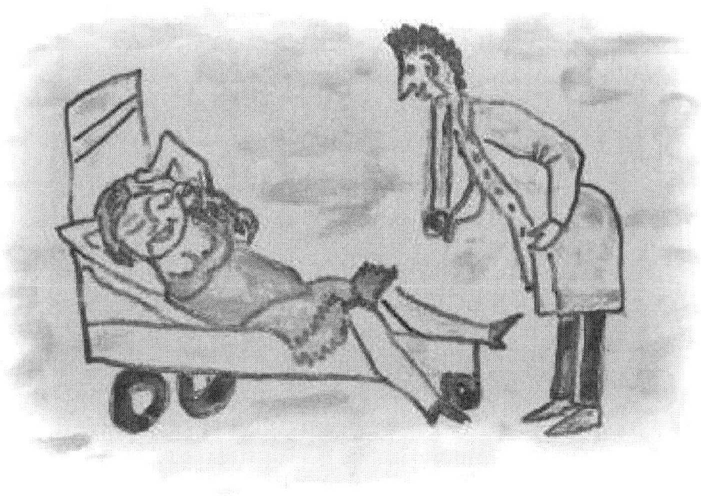

„Ich habe wohl in der Anatomiestunde gepennt. Ich dachte, der Blinddarm ist da unten", sagte sie keck und zeigte auf ihre Leiste.

Meine `Symptome´ verschlimmerten sich augenblicklich, jetzt bekam ich auch noch einen feuerroten Kopf und einen nicht weniger roten Ausschlag am Hals und an den Armen.

Gut, den Hals konnte ich nicht sehen, sie aber schon. Und sie machte mich sofort darauf aufmerksam.

Reden konnte ich nun auch nicht mehr, zumindest nicht flüssig. Ich nahm eilig mein Stethoskop und verließ blitzschnell das Zimmer.

Draußen stieß ich mit Michael zusammen. An unserem allerersten Tag in der Uni war er genau vor mir in der Reihe gewesen, als wir unsere Namensschilder erhielten. Wir wurden Freunde und unternahmen viel gemeinsam.

Er sah mich an, stutzte und bemerkte nur, wie ich andauernd mit dem Kopf schüttelte. Wir gingen raus vor die Tür und rauchten erst einmal eine Zigarette. Ich erzählte ihm mein Erlebnis.

„Mann Alter, ich dachte, du hättest jemanden umgebracht, so wie du ausgesehen hast, als du aus dem Zimmer kamst. Ich glaubte wirklich an eine schreckliche Fehldiagnose oder dass du falsch intubiert hast. Du hast dich verliebt? In eine Patientin? Großartig. Schon mal was von Ethik gehört?“, fragte er und schüttelte heftig mit dem Kopf. Ich dann auch, nachdem seine Worte in mein Gehirn vorgedrungen waren.

Doch selbst das dauerte schon noch seine Zeit. Wir wechselten danach die Patienten, er übernahm `den Blinddarm´, ich seine `Lungenentzündung´.

„Aber nicht wieder verlieben“, gab er mir noch mit auf den Weg, als ich bereits die Zimmertür öffnete.

Scherzkeks. Da lag ein Mann, 70 Jahre oder so. Aber wenigstens hatte ich mich jetzt wieder im Griff und lieferte eine ordentliche Arbeit ab.

Unser Dienst war fast zu Ende und ich musste also nicht mehr in das Zimmer, wo grüne Augen mein Gehirn vernebelt hatten.

Als ich zu Hause im Bett lag, konnte ich lange Zeit nicht einschlafen, was mir sonst problemlos gelang. Ich wurde in regelmäßigen Abständen rot, so peinlich hatte ich mich verhalten.

Ich kam erst zur Ruhe, als ich mir vorgenommen hatte, diese junge Frau morgen noch einmal zu besuchen und die Sache richtigzustellen. Ich wusste zwar noch nicht, wie das geschehen sollte, aber allein der Plan beruhigte mich.

Der nächste Tag brachte dann aber viel Hektik mit sich, ich hatte erst abends Zeit, in ihr Zimmer zu schauen. Sicher, einige Stunden vorher wäre bestimmt auch schon mal die eine oder andere Gelegenheit dazu gewesen, aber mir fehlten einfach noch die richtigen Worte …

Jetzt hatte ich sie, nur lag keine Patientin mit den faszinierenden grünen Augen mehr im Bett.

Frau Lehmann, `die Gallenblase´ und ein Bett daneben, schaute kurz hoch und lächelte. Gestern war sie nicht da gewesen, sie kam erst viel später von der Intensiv zurück. Aber ich wurde das Gefühl nicht los, als wüsste sie alles von meinem `professionellen´ Auftreten.

„War Fehlalarm. Ist wieder auf freiem Fuß“, kam prompt die Erklärung. Und sie zwinkerte mir dabei auch noch zu, was schon wieder peinlich war.

„Wunderbar.“

Es war das Einzige, was ich darauf erwidern konnte. Doch diesmal meinte ich genau das Gegenteil …

Bereits in meinem nächsten Nachtdienst bemühte ich mich um ihren Namen, da hatte ich etwas Ruhe und keiner schaute mir auf die Finger oder den Bildschirm. Ich stellte dabei ganz nebenbei fest, dass sie zwei Jahre jünger war als ich. Dafür trat sie aber überaus kess auf …

Als Michael am nächsten Morgen erschienen war, bombardierte ich ihn sofort mit meinen neu gewonnenen Erkenntnissen, obwohl er noch nicht so aussah, als könnte er schon klar denken.

„Ich weiß, wie der Blinddarm heißt", wandte ich mich freudig an ihn, als er gerade seinen Schrank öffnete.

„Caecum", kam wie aus der Pistole geschossen, während er seine Jacke auf einen Bügel hängte.

„Nicht der Blinddarm", meinte ich kopfschüttelnd, „das weiß doch jedes Kind. Ich meine `den´ Blinddarm.

Michael sah mich mit großen Augen an, während er sich den Kittel überzog. „Es gibt einen Unterschied zwischen `der´ und `den´ Blinddarm?"

Jetzt war ich leicht verwirrt. Warum stand Michael heute Morgen auch so auf dem Schlauch? Ich hatte doch die Nachtschicht, nicht er.

Ich schüttelte nur missbilligend den Kopf und füllte etwas später einen großen Pott

Kaffee ab. Den gab ich Michael und wartete, bis er den ersten Schluck getrunken hatte.

„Wir haben keinen Blinddarm auf Station", kam er mir plötzlich zuvor. „Oder hatten wir einen Zugang heute Nacht?"

„Nein", erwiderte ich, „du bist heute Morgen wirklich schwer von Begriff. Ich meine `die Blinddarm´", erklärte ich ihm, wobei ich das `die´ ganz besonders lang zog.

Sein Gesicht änderte sich, während er noch einmal kurz an seinem Kaffee nippte.

„Gab es heute Nacht irgendwelche gravierenden Zwischenfälle?", fragte er mit einem sehr merkwürdigen Blick.

„Nein, wie kommst du denn darauf?"

„Ist nicht ganz so weit hergeholt ..."

„Ich rede die ganze Zeit von meiner Patientin, du weißt doch, die mit dem Blinddarm." Ich stotterte fast schon wieder los.

„Du meinst meine Patientin?", fragte er grinsend und setzte eine besondere Betonung auf das `meine´.

Ha ha. Blödmann.

„Die heißt Jerry und ich habe sie entlassen. Das war doch keine Appendizitis." Er lachte schallend los. „Auch keine Pharyngitis. Kommst du und hör auf, so zu trödeln."

Er öffnete die Tür und verschwand lachend auf dem Flur …

Da heute wieder Chefarztvisite war, gingen wir vorher noch einmal in die Zimmer der Patienten und schauten uns an, ob alles in Ordnung war. Außerdem kontrollierten wir deren Vitalwerte.

Jeder von uns hatte in etwa die gleiche Anzahl an Kranken und bei den beiden letzten trafen wir uns im Überwachungszimmer. Dort nahm Michael den Faden wieder auf.

„Du bist also immer noch in sie verliebt?“, fragte er scheinheilig. Die beiden kranken Männer im Raum waren auf Schlag hellwach. Mir dagegen war das Gespräch peinlich und ich wollte bestimmt nicht vor ihnen darauf antworten.

„Also, was ist nun?“, bohrte er weiter.

„Das weiß ich nicht“, knurrte ich mürrisch. „Ich möchte sie erst einmal kennenlernen.“

„Du kennst sie gut“, stichelte er, „zumindest ihren Hals.“ Er musste selbst über seinen Gag lachen. Ich nicht.

„Und da sind ja auch noch die grünen Augen. Hast du nicht sogar angefangen zu stottern?“

Ha ha.

„Wenn es passt, könntest du dir vorstellen, mit ihr zu leben?“

„Ja sicher, was soll die dumme Frage?“

Mein Patient, dem ich mich gerade zugewandt hatte, zeigte ein leichtes Lächeln auf den Lippen. Das irritierte mich. War das nun freundliche Zustimmung oder der Beginn von Auslachen?

„Wollt ihr gemeinsam ein Haus bauen und eine Familie gründen?“ Michael feixte.

„Also ehrlich, du hast sie doch nicht mehr alle. Was stellst du für bescheuerte Fragen? Ich kenne sie doch gar nicht und sie mich auch nicht. Ich weiß noch nicht einmal, ob sie einen Freund hat.“

„Ich schon.“

Ich ließ die Hand meines Patienten fallen, bei dem ich gerade den Puls messen wollte.

„Was? Woher?“

„Ich habe sie gefragt“, verkündete Michael.

Ich starrte ihn nur an.

„Sie hat keinen und dich fand sie süß. Sie wollte wissen, ob du vergeben bist."

Ich spürte förmlich, wie meine Mundwinkel an die Ohren stießen. Theoretisch und auch anatomisch gesehen ist das vollkommen unmöglich, aber ich strahlte trotzdem wir das Pferd im Honigkuchen.

„Also, könntest du dir nun vorstellen, mit ihr zusammen in einem Haus zu leben und vielleicht auf Familie zu machen?"

Drei Männer schauten mich an. Ich hatte das Lächeln immer noch im Gesicht und konnte deshalb nicht antworten. Zumindest nicht verbal, aber dafür nickte ich heftig.

„Cool. Dann besorge ich schon mal das Schild für euren Hauseingang: `Hier wohnen Tom und Jerry´."

Mein Lächeln war sofort verschwunden. Ich steckte mir das Stethoskop in die Ohren, doch ich musste warten, bis mein Patient seinen Lachanfall überwunden hatte.

Mit Michael sprach ich kein Wort mehr. Die ganze Visite über war ich still wie ein Fisch und dann konnte ich mich sowieso auf den Heimweg machen …

Danach vergingen noch weitere vier Wochen, bis ich sie in der Uni aufsuchte. Sie fragte mich sofort, weshalb ich so lange dazu gebraucht hätte. Da sagte ich ihr die Wahrheit …

Zum einen, dass ich sehr schüchtern sei, aber auch, welche Befürchtungen ich hatte. Ich erzählte von Michael und seinem Schild und dass ihr Name an allem schuld sei.

Sie lachte herzhaft und schüttelte dann ihren Kopf. Nach einer Weile meinte sie sogar, dass nicht ihr Name das Problem sei, sondern meiner. Aber sie ergriff meine Hand und wir gingen ein Eis essen.

Später wurde sogar noch Kino daraus. Doch während des Filmes musste ich die ganze Zeit an ihre Worte denken und unterzog sie deshalb einer genauen Prüfung. Als der Abspann lief, war auch ich endlich zu einem Ergebnis gekommen.

Sie hatte Unrecht, mein Name war nicht das Problem. Denn wenn sie Chantelle, Annabella oder auch Kerstin heißen würde, gäbe es überhaupt keine Verwicklungen oder noch schlimmer, Schilder über Haustüren.

„Ich muss dir was sagen", meinte ich zu ihr, als wir durch das Kino in Richtung

Ausgang liefen. Sie lächelte mich an, nickte und als wir draußen standen, küsste sie mich.

Danach wusste ich nicht mehr, was ich erzählen wollte …

Was wäre wenn ...

In der Nacht wachte ich schweißgebadet auf. Mir war wieder eingefallen, was ich mit Jerry besprechen wollte, denn sie hatte recht, auf der ganzen Linie und ich war ein Idiot.

Es hatte selbstverständlich etwas mit unseren Namen zu tun, genau genommen mit meinem und könnte ein verdammt großes Problem werden. Nein, nicht könnte, es würde ...

Noch während meines Studiums und auch danach war ich auf den verschiedenen Stationen in unserem Krankenhaus eingeteilt.

Dass mich die Kinder nur `Onkel Doktor´ riefen, war für mich noch nachvollziehbar. Woher sollten sie auch wissen, dass mein Nachname Onkel ist und es richtig `Doktor

Onkel´ heißen müsste. Schließlich haben wir es so von unseren Eltern gelernt.

Als wir kleine Kinder waren, wollten sie uns die Angst vor dem Arzt nehmen. Ein Onkel war lieb und nett, er brachte Spielzeug oder Schokolade, wenn er zu Besuch kam. Ein `Onkel Doktor´ konnte also auch nicht böse sein, ganz im Gegenteil.

Jahre später war das für uns nicht mehr wichtig, wir interessierten uns kaum noch für Spielzeug oder Schokolade. Noch viel später waren wir wahrscheinlich selbst schon gute Onkel und brachten all diese Dinge bei Besuchen mit.

Was ich dabei aber nie verstehen werde, ist die Tatsache, dass die Leute, sobald sie einen Fuß ins Krankenhaus setzen, wieder zu Kindern mutieren.

Da war zum Beispiel dieser Mann, der einen Arzt sprechen wollte. Ich ging also zu ihm in das voll belegte Dreibettzimmer und stellte mich an sein Bett. Seine Krankenakte hatte ich bei mir und wartete nun mit einem freundlichen Lächeln auf das, was ihn beschäftigte.

„Da ist ja mein guter Herr Onkel Doktor. Wie sieht denn nun meine weitere Behandlung aus?“, fragte er sofort.

Wenigstens war der Mann so höflich, eine Anrede vor seine Frage zu setzen …

Ich war zu diesem Zeitpunkt bereits mit dem Studium fertig, hatte aber noch nicht promoviert. Es war mir peinlich, dass er mich mit einem Titel ansprach, der mir doch noch gar nicht zustand. Also wollte ich das

Problem auf eine nette Art lösen, die ihn nicht brüskieren sollte.

„Herr Wessel, lassen Sie doch bitte den \`Doktor´ weg. Es reicht, wenn sie mich \`mein guter Onkel´ nennen."

Er reagierte äußerst merkwürdig. Erst wurden seine Augen groß, dann zog er sich die Bettdecke bis zum Kinn. Er drehte seinen Kopf zu der Schwester, die bei seinem Nebenmann gerade die Infusion wechselte.

„Schwester, könnten Sie bitte ganz schnell jemanden holen?", forderte er mit flehentlicher Stimme

Damals hatte die Schwester alles aufgeklärt und ich kapierte erst viel später, was der Patient von mir dachte.

Heute tragen wir Namensschilder und genau die waren der Grund für meine nächtlichen Panikattacken. Denn bei mir steht drauf: Herr Onkel, Dr.

Normalerweise käme dahinter eigentlich noch das \`med.´. Hier wurde das jedoch weggelassen.

Vielleicht dachte die Krankenhausleitung einfach nur praktisch, nach dem Motto, was soll es sonst auch für ein Doktortitel sein.

Oder jeder weitere Buchstabe kostete womöglich einen Euro extra oder so ...

Ich weiß jedoch nicht, woran es liegt. Ob die Patienten nicht mehr lesen können oder das Gehirn ihnen einen Streich spielt. Seit ich dieses Schild tragen muss, reden mich jedenfalls alle konsequent mit `Herr Onkel Doktor´ an.

Anfangs war ich noch verzweifelt, warum musste ich auch promovieren? Wäre ich nur Dipl.-med. geblieben, gäbe es diese Probleme nicht. Aber irgendwie gewöhnt man sich wohl an alles ...

Bei meiner zukünftigen Frau würde später, also wenn sie auch promoviert hätte, das Schild so aussehen: `Frau Onkel, Dr.´. Und die Leute würden sie auch so nennen, zumindest die höflichen. Alle anderen würden nur `Onkel Doktor´ zu ihr sagen. Wie würde sie sich dann fühlen?

Als ich am nächsten Morgen in unser Dienstzimmer kam, schaute mich Michael argwöhnisch an.

„Also ehrlich, man könnte denken, du hättest hier Dienst geschoben und einen

Notfall nach dem anderen behandelt." Dann zeigte sich ein Grinsen in seinem Gesicht. „Lange Nacht gehabt?", fragte er anzüglich.

Nein. Oder doch. Ich erzählte ihm sofort meine gesammelten grausamen Gedanken, die mich quälten und peinigten.

„Lass mich mal zusammenfassen, damit ich das nicht falsch verstehe. Du warst mit Jerry ein Eis essen und einmal im Kino, richtig?"

Ich ignorierte, dass er das `ein´ so betonte. Stattdessen nickte und lächelte ich immer noch verzückt bei der Erinnerung.

„Wir haben uns geküsst."

„Stimmt, das erwähntest du schon. Aber meinst du nicht, dass du ganz weit voraus greifst?"

Keine Ahnung, ich wusste nicht, worauf Michael hinauswollte.

„Dein Problem löst sich ganz schnell in Luft auf. Was ist, wenn sie zum Beispiel das Studium nicht schafft?", lieferte er die Erklärung.

Ich schüttelte heftig den Kopf. Das war gar nicht möglich, das war absolut unvorstellbar.

„Was ist, wenn sie danach gar nicht promovieren will?"

Ich schaute ihn an und überlegte eine Weile. Okay, das war möglich.

„Was ist, wenn ihr überhaupt nicht zusammenpasst?"

Ich schüttelte wieder heftig den Kopf. Das war vollkommen unvorstellbar.

„Und was ist, wenn sie dich gar nicht heiraten will?"

Warum sollte sie mich nicht wollen?

Aber ich merkte, worauf Michael hinauswollte und tatsächlich, ich wurde sofort ruhiger. Er hatte recht, ich machte mir einfach zu viele unnötige Gedanken.

Oder lag es an meinem Kindheits-Namens-Trauma, welches ich scheinbar noch immer nicht richtig überwunden hatte und deshalb ständig in mir trug?

Ich strahlte ihn an und wusste genau in diesem Moment, alles wird gut …

Unsere Eltern

Mittlerweile sind einige Monate vergangen. Jerry und ich verstehen uns prima und wir verdrehen nur die Augen, wenn unsere Freunde lachend unsere beiden Namen rufen und merkwürdige Geräusche dabei von sich geben. Sollen sie doch ihren Spaß haben …

Unser Leben ist kompliziert genug. Während Jerry kurz vor ihren Abschlussprüfungen steht, arbeite ich fest auf der inneren Station. Nachdem ich in alle Abteilungen des Krankenhauses für eine gewisse Zeit rein gerochen hatte, spezialisierte ich mich auf diesem Gebiet. Ich finde es spannend und umfassend.

Doch unser Problem liegt darin, dass wir uns kaum sehen. Während Jerry in einer Studenten-WG lebt, habe ich eine kleine

Wohnung gemietet. Blöd nur, dass beide Domizile sehr weit voneinander entfernt liegen und durch die Fahrzeit zueinander an sich schon jede Menge Zeit verloren geht. Außerdem ist eine WG auch nicht unbedingt das Wahre für Zweisamkeit. Also entschlossen wir uns zusammenzuziehen.

Allerdings ist meine Wohnung nicht gerade groß für uns beide. Für mich reichte sie bisher aus, da ich gefühlt sowieso die meiste Zeit im Krankenhaus verbrachte. Sie wäre aber immer noch besser als die WG mit ständig hereinplatzenden Mitbewohnern, die etwas brauchten, eine Frage hatten, etwas wollten …

Wir waren der Meinung, es wurde langsam Zeit, unsere zukünftigen Schwiegereltern kennenzulernen. Die wussten zwar, dass wir da `jemanden´ haben, aber gesehen hatten wir uns bis jetzt noch nicht. Das wollten wir umgehend ändern.

Also knobelten wir, bei wem wir beginnen würden. Jerry hatte gewonnen, aber wirklich glücklich schien sie darüber nicht zu sein.

Erst auf mein Drängen erklärte sie mir, dass es Probleme geben könnte. Ihr großer

Bruder hätte schon immer komische Ansichten gehabt …

Ich fand, dass das vollkommen normal wäre. Väter und Brüder wollen eben nur das Beste für ihre Tochter oder kleine Schwester. Und ich war sicher in diesem speziellen Fall nicht die schlechteste Wahl.

Also kündigte Jerry unseren Besuch für das bevorstehende Wochenende an und ich informierte meine Eltern darüber, dass wir die Woche darauf vorbeischauen würden. Damit war alles geklärt.

Doch das Gespräch mit Jerry wirkte in mir nach. Nicht wegen ihres Bruders, das nahm ich locker. Was sollte er schon gegen mich haben? Ich konnte seine Schwester ernähren und für sie sorgen, ganz abgesehen davon, dass sie das niemals brauchen oder wollen würde.

Nein, ich dachte eher an meinen Vater. Ich musste ihn unbedingt vorbereiten, sonst würde er den ganzen Abend nur schallend lachen …

Ich ging also am Freitag zu meinen Eltern. Sie wohnen immer noch in dem hübschen Haus, in dem ich aufgewachsen bin, und mein Vater öffnete mir die Tür.

„Oh, habt ihr euch getrennt? Fällt das Treffen nächste Woche aus?“, begrüßte er mich, obwohl das nicht wirklich ein Gruß war.

„Nein, natürlich nicht“, antwortete ich ihm leicht verstört. Es war eine blöde Idee von mir, vorher vorbeizukommen. Mein Vater hatte doch schon immer ein untrügliches Gespür dafür, wo die Wunde sein könnte, und steckte anschließend seinen Finger mit viel Energie hinein.

„Was ist es dann? Du willst uns doch vorwarnen. Hat sie etwa drei Beine?“

Er hielt immer noch die Tür fest und ich stand davor. Ohne Antwort käme ich nicht über die Schwelle. Ich sah ihn empört an.

„Zwei Köpfe?“

„Was sollen denn deine dummen Fragen?“, konterte ich mit fester Stimme.

„Etwa rote Haare?“, fragte er nun entsetzt, ohne meine Reaktion abzuwarten. Er hasst solche Frauen, zumindest sagt er das immer.

Meine Mutter dagegen meint, er hätte nur Angst vor denen. Das wären alles Hexen und was die machen, kann man wissenschaftlich nicht erklären. So etwas war ihm zutiefst suspekt, ergo fürchtete er sich davor. „Männliche Logik“, schob sie meist noch hinterher, „oder die deines Vaters …“

„Dann ist doch alles bestens. Komm rein, mein Sohn“, forderte er mich auf und ließ mich endlich durch die Tür.

Mutter fand ich in der Küche, sie las in einem Rezeptbuch. Sie hatte wohl wieder einmal vor, einen Kuchen zu backen, doch ich kann mich, ehrlich gesagt, nicht daran erinnern, dass ihr das je gelungen wäre. Zu hart, zu trocken, vollkommen geschmacklos, verbrannt oder so glibschig, dass er sogar vom Löffel flutschte.

An allem waren nach ihrer Meinung nur die Normalos schuld, die Mengenangaben in den Rezepten vollkommen unlogisch und ungenau notierten. Eine Tasse hiervon, ein Löffelchen von dem oder gar eine kleine oder große Prise. Was soll das sein? Wie viel ist denn eine Prise und die dann auch noch groß oder klein?

Meine Mutter ist eine hervorragende Chemikerin, eigentlich eine Koryphäe auf ihrem Gebiet. Doch Kuchenbacken war für sie schon immer eine Herausforderung. Oder besser gesagt, die Rezepte dafür.

Als sie mir dann erklärte, dass sie vorhatte, diesen Kuchen, also einen ganz, ganz komplizierten, jetzt und nächste Woche auch zu backen, schaute ich mir die Seite im Rezeptbuch genauer an.

Ganze vier Zutaten brauchte sie dafür, doch von einer geeichten Laborwaage stand nichts darin. Im Gegenteil, der war so simpel, den traute ich mir sogar zu. Ich nahm mir vor, sicherheitshalber lieber einen Kuchen zu kaufen und mitzubringen …

Dann setzte ich mich zu meinem Vater ins Wohnzimmer. Er reichte mir ein Bier und gemeinsam stießen wir an.

„Also, wo liegt das Problem?" Er schaute mich aufmunternd an.

Früher liebte ich diese Vater-Sohn-Gespräche. Wir haben gescherzt und gelacht, ich stellte Fragen und mein Vater konnte mir scheinbar alle beantworten und die ganze Welt erklären. Heute mochte ich sie weniger.

Aber mein Vater saß da und schaute mich so offen an, dass mein Herz überlief. Der Mund beinahe auch …

„Die beiden sind schwanger", rief er plötzlich in angehobener Lautstärke.

Vater sah aus, als stünde ihm der Nobelpreis zu. Doch allein vom medizinischen Standpunkt aus gesehen war seine Feststellung falsch. Nur Frauen sind schwanger, bei Männern handelt es sich höchstens um eine Scheinschwangerschaft und die ist dann eher das Problem für einen Psychiater.

Meine Mutter war aus der Küche gekommen, zumindest fast, denn sie stand im Türrahmen und hielt eine Schüssel vor dem Bauch. Mit voller Kraft schlug sie den Teig darin.

„Wo ist das Problem?", fragte mein Vater. „Doch nicht mehr in der heutigen Zeit."

„Die Wohnung", meinte meine Mutter und der Teig hatte für einen Moment Ruhe. „Seine Wohnung. Die ist zu klein."

Und schon schlug sie weiter …

„Aber sie haben doch noch ein paar Monate, da werden sie schon das Passende finden.“

Mein Vater ist einer der klügsten Menschen, die ich kenne, aber von der hiesigen Wohnungssituation hat er absolut keine Ahnung.

„Ihr seid doch nicht etwa jetzt schon so weit?“

In seinen Worten schwang echte Panik mit und auch Mutter hörte sofort wieder auf, den Teig zu malträtieren.

„Nein, nicht schwanger“, beruhigte ich beide.

„Na also, dann haben wir das ja gelöst.“

Ich starrte ihn an. Mein Vater war unglaublich. Er feierte sich für die Lösung des Problems, welches von ihm erfunden wurde.

Dann hob er lächelnd und mit stolzer Miene sein Bier zum Prost und ich mit leicht verzerrtem Gesicht machte es ihm nach.

Es war alkoholfreies, weil ich noch fahren musste und mein Vater es abgöttisch liebte. Das Bier …

„Sie heißt Thier.“

„Was?“, riefen beide unisono. Eigentlich schrien sie es fast. Mutter hörte sogar augenblicklich auf, den Teig zu verprügeln.

„Wie kann man sein Kind denn `Tier´ nennen?“, empörte sie sich. „Was sind das denn für unverantwortliche Eltern? Das hörte sich auf dem Spielplatz dann so an: Du Tier, willst du mit mir spielen? Oder in der Schule: Tier, sage uns bitte, welches Tier lebt am Nordpol? Die arme Kleine, die ist doch ihr Leben lang gestraft. Also ehrlich, Tier …“

„Mit `h´“, meldete ich mich kurz zu Wort.

„Wo? Vorn oder in der Mitte?“, wollte mein Vater es genauer wissen.

Ich bezweifelte, dass das eine Rolle spielte. Mutter schaute auch so, als ob es vollkommen egal wäre. Sie stand eindeutig unter Schock. Ich erlöste sie.

„Das ist ihr Nachname.“

Für einen kleinen Moment war Ruhe. Er war wirklich recht klein.

„Ihr heiratet und sie hat dann einen ordentlichen Familiennamen. Unseren“, erklärte mein Vater und Mutter hatte sich auch beruhigt. Mit dem großen Holzlöffel haute sie im Teig herum.

„Siehst du, mein Sohn, und schon haben wir auch dieses Problem gelöst."

Er hob euphorisch seine Flasche Bier und strahlte über das ganze Gesicht, mit sich selbst im Einklang und zufrieden.

„Jerry Thier."

Die Frage lautet manchmal: Kannst du nicht bis drei zählen? Das brauchte ich gar nicht, die Zwei reichte schon aus.

Denn da brach es bereits aus meinem Vater heraus. Er lachte laut und sein ganzer Körper schüttelte sich dabei so heftig, dass das Bier aus der Flasche spritzte und ich darüber schmunzeln musste.

Über den Anblick, nicht über ihn. Mutter hingegen war bereits wieder in die Küche zurückgekehrt und der Teig bekam erneut seine schmerzhafte Behandlung.

„Wie viele ledige Frauen leben in unserer Stadt?", fragte mein Vater. „Und wie viele davon haben einen normalen Namen?"

Es kam etwas stockend heraus, da er eigentlich lachte.

„Alle", antwortete er selbst, „bis auf eine. Und ausgerechnet die findet mein Sohn."

Ich trank einen Schluck Bier.

„Ich kenne nur zwei Menschen auf diesem Planeten, die so heißen“, fuhr mein Vater fort. „Die Maus im Trickfilm und deine Freundin.“

Ich revidierte meine Meinung. Mein Vater war doch nicht der klügste Mensch, denn eine Maus war es ja auch nicht.

Mittlerweile rannen Bäche von Lachtränen aus seinen Augen und Mutter schlug weiter in ihrer Schüssel. Sie hielt sich immer noch in der Küche auf.

„Wusstest du, dass `Tom und Jerry´ bei den Amerikanern ein Getränk ist? Irgendwas mit Eiern, Alkohol und Gewürzen und das kippen die sich meistens zu Weihnachten hinter.“

Es kam nicht so flüssig rüber, wie es sich jetzt vielleicht anhört, eher im Gegenteil. Man musste immer eine Weile warten, bis er die Worte herausbrachte. Schließlich lachte er hauptsächlich …

„Nach dem Drink wurde die Serie benannt.“

Mein Vater saß auf dem Sofa und kriegte sich nicht mehr ein.

„Hast du das schon in dein Büchlein geschrieben? Für deinen Sohn?“

Aus der Flasche kam so gut wie nichts mehr heraus, dafür war sein Bauch ziemlich nass.

„Ach, das ist Unsinn, das bekommt er ja von Anfang an mit."

Ich stand auf und ging zu meiner Mutter. Auf deren Stirn hatten sich bereits Schweißperlen gebildet.

Sicherheitshalber überflog ich noch einmal das Rezept. Dort stand: kurz und kräftig schlagen. Na immerhin, eins von zweien war schon mal richtig …

Ich küsste sie zum Abschied, kehrte zurück ins Wohnzimmer und winkte meinem Vater zu.

Ich wusste, er würde jetzt Unmengen an Wortkombinationen finden und diese mir bei jeder sich bietenden Gelegenheit unter die Nase reiben.

Aber er versuchte wenigstens zurückzuwinken. Nicht sehr erfolgreich …

Als ich wieder draußen vor der Tür stand, atmete ich befreit auf. Das hatte geklappt.

Selbst für meinen Vater würde die Woche reichen sich zu beruhigen. Es würde ein schönes Treffen werden und ich freute mich auf morgen …

Familie Thier

Jerry war den ganzen Tag sehr ruhig, sie wirkte aber etwas angespannt. Ich dagegen war supergut gelaunt, nicht nur wegen meines Vaters.

Ich freute mich auf ihre Eltern und noch mehr auf ihren Bruder. Wir waren schließlich fast im selben Alter und da würden sich Gemeinsamkeiten finden lassen. Ich dachte zwar kurz daran, dass ich erst seine Gütekontrolle überstehen musste, aber das würde ich schon schaffen.

Gegen 18 Uhr parkte ich das Auto vor Jerrys Elternhaus. Es war hübsch, vor allem der Vorgarten. Bei uns gab es da nur Rasen und ein paar Steine.

Hier waren die zwar auch vorhanden, aber sie verteilten sich zwischen unendlich vielen bunten Blumen. Jerrys Vater war sicher pfiffiger als meiner, musste ich etwas neidisch zugeben. Hier brauchte man nicht alle paar Tage mähen …

Als ich aussteigen wollte, hielt mich Jerry fest. Ich schaute sie an und sah ihren verzweifelten Blick. Jetzt bekam ich Angst. Waren deren Anforderungen an den zukünftigen Mann ihrer Tochter etwa doch höher? Viel höher, als ich es je schaffen würde, ihnen gerecht zu werden?

„Egal, was auch passiert", meinte sie plötzlich, „geh nicht in die Nähe meines Bruders. Halte dich von ihm fern." Ich nickte nachdenklich. „Versprich mir das", forderte sie auch noch.

Wer war oder was war ihr Bruder? Ein Miesmacher? Oder eher ein Schläger? Vielleicht ein gewaltbereites Monster?

Ich lächelte. Sie wollte bestimmt nur nicht, dass wir über sie herziehen würden …

Dann standen wir an der Tür und sie klingelte. Schon in diesem Moment wurde die Tür förmlich von innen aufgerissen und im Rahmen stand – na klar, ihr Bruder.

Sie schaute sofort zu mir und ich fragte mich, was sie jetzt von mir erwartete. Sollte ich weglaufen oder mich verstecken?

„Tom und Jerry", grüßte er mit einem freundlichen Lächeln. Na also, zumindest war er kein Monster. „Wo ist meine Einladung?", fragte er sofort im Anschluss und sah dabei ausschließlich mich an. Welche Einladung? Ich hatte keine Ahnung, wovon er sprach und blickte verzweifelt zu Jerry. Doch die verzog nur das Gesicht.

Dann kamen zum Glück ihre Eltern und forderten uns auf, doch endlich hereinzukommen. Und Sebastian, ihren Bruder, meckerten sie aus. Er solle sich gefälligst etwas zurückhalten, nach dem Essen wäre noch genug Zeit zum Reden.

Ich hatte das Gefühl, alle wüssten Bescheid. Nur ich war irgendwie der dumme und unwissende Trottel …

Es wurde ein wunderschöner Abend. Ich bekam als Erstes eine Führung durch das Haus und durfte dabei auch einen Blick in Jerrys Zimmer werfen. Na ja, es war halt ein Mädchenzimmer, viel Rosa und so.

Dagegen war Sebastians Zimmer eher mein Fall. Im Laufe seines Lebens hatte er oft die Interessen gewechselt, so wie viele von uns.

Ich sah Lego, Plakate von Fußballern und weiblichen Bands, er hatte eine große CD-Sammlung und an der Wand hing eine Gitarre neben einem Paddel.

Aber auch Spikes waren da, doch am meisten faszinierte mich ein Metallbaukasten. Den kannte ich aus Kindheitstagen und damit war ich mir absolut sicher, Sebastian war kein Monster, ganz im Gegenteil, der war cool.

„Mann Alter, genau den gleichen hatte ich auch“, rief ich begeistert und nahm ihn aus dem Regal.

„Echt? Was hast du am liebsten gebaut?“

„Den Traktor.“

„Ich auch.“ Dabei gingen seine Blicke zu Jerry und zu seinen Eltern. Und er nickte dabei, gerade so, als würde er `na siehst du´ sagen. Doch das war jetzt nicht mehr wichtig, der Metallbaukasten aber schon.

Ich hatte mich mittlerweile auf den Fußboden gesetzt und kontrollierte, ob alle Teile noch vorhanden waren. Alles, was man für einen Traktor benötigen würde, holte ich heraus und legte es neben den Karton auf den Teppich. Sebastian saß zwischenzeitlich auch schon neben mir und gemeinsam waren wir in einer anderen Welt versunken: in unserer Kindheit.

Jerry und ihre Eltern ließen uns allein. Wir hörten noch, dass wir uns nachher die Hände waschen sollen, so wie man kleine Kinder erinnert. Glaube ich zumindest, denn eigentlich waren wir nur mit uns und unserem gigantischen Fahrzeugbau beschäftigt …

Später, also nach dem Essen, saßen wir draußen auf der Terrasse. Und erst da fiel mir wieder ein, dass ich ja eigentlich Abstand zu Sebastian halten sollte. Jetzt war mir auch klar, warum Jerry diese Bitte geäußert hatte. Obwohl, war das überhaupt eine Bitte?

Egal, wir waren voll auf einer Wellenlänge und überhörten gekonnt vier Aufforderungen, endlich nach unten zu kommen. Wir grinsten uns nur an und flüsterten, es gibt bestimmt noch einen weiteren Ruf, die warten schon auf uns. Wir hatten recht, fast immer.

Denn beim letzten Mal kam sein Vater nach oben. Er brauchte gar nichts zu sagen, sein Blick reichte vollkommen aus und wir waren selbst im Erwachsenenalter immer noch konditioniert.

Denn jetzt zogen wir, wieder gemeinsam, unsere Köpfe ein und verschwanden im Laufschritt ins Bad. Dort lachten wir dann schallend los und konnten uns kaum noch beruhigen. Genauso hatten wir uns früher als Kinder auch verhalten. Ich meine, das mit dem Kopf einziehen …

„Was meintest du eigentlich vorhin mit der Einladung?“, wollte ich nun endlich von Sebastian wissen. Dann war ich mit einem Mal irritiert, denn die gesamte Familie lachte plötzlich los, wie auf ein geheimes Kommando. Sogar Jerry.

Ich hatte nicht gesehen, dass sie sich irgendwelche stillen Zeichen gegeben hätten. Am Ende einigten sie sich jedoch darauf, mir die Geschichte der Namensgebung ihrer Tochter endlich anzuvertrauen.

„Unser Sohn war ein Schreibaby“, sagte Günther, „er erblickte das Licht der Welt und schrie. Von dem Moment an ununterbrochen und mit einer ohrenbetäubenden Lautstärke.“

„Du übertreibst.“ Seine Frau Sylvie lachte. „Wir hatten auch ruhige Momente.“

„Hatten wir die? Wirklich? Ich kann mich an keinen einzigen erinnern.“

„Die gab es bestimmt.“

„Jedenfalls passt du dich mehr oder weniger an“, machte Günther weiter. „Du trägst deinen Sohn auf dem Arm, fütterst ihn, ha, du hattest vollkommen recht, dabei war er sogar ruhig“, rief er plötzlich und schaute zu seiner Frau. Dann lachte er, als ihn die

Erinnerung überwältigte. „Aber nur in diesem kurzen Moment, wenn der Löffel im Mund steckte, ehrlich. Egal. Dann trägst du ihn weiter durch das Zimmer, lässt ihn sein Bäuerchen machen und er schreit. Immer und die ganze Zeit, immer eben weg und verdammt laut."

„Wir haben alles versucht, was man uns geraten hatte", fügte Sylvie hinzu, „streicheln, weggehen und allein lassen, mit ihm reden, etwas vorsingen, laute Musik oder den Fernseher laufen lassen, doch auf nichts hat er reagiert."

„Bei uns hat es bewirkt, dass wir es nach einiger Zeit gar nicht mehr bewusst wahrgenommen haben", stellte Günther fest. „Wir haben dicht gemacht, es komplett ignoriert.

Jedenfalls hatte ich wieder einmal Sebastian auf dem Arm und streichelte seinen Rücken. Es war Samstag, ich wollte mir die Fußballergebnisse ansehen, während er sein Bäuerchen macht, irgendwann zwischen dem Schreien."

„Es war wirklich so, wie Günther sagt", bestätigte Sylvie. „Wir haben uns ganz normal unterhalten, während er schrie, wir haben seinen Lärm komplett ausgeblendet."

„Jedenfalls schaltete ich den Fernseher an und suchte das Programm. Dabei zappte ich durch die Kanäle und bei einem der Sender lief gerade `Tom und Jerry´. Abrupt war mein Sohn ruhig. Als ich weiter gedrückt hatte, begann er sofort wieder zu schreien. Also tippte ich noch einmal zurück und der Effekt war der Gleiche."

„Mein Mann rief mich mit den Worten", erinnerte sich Silvie, „komm schnell, ich habe die Fernbedienung für unseren Sohn gefunden."

„Wir konnten es kaum glauben. Bei keinem anderen Trickfilm, nur bei `Tom und Jerry´ war er ruhig. Wir besorgten uns die Videos und unser Sohn konnte plötzlich sogar lachen. Er musste gar nicht vor dem Bildschirm sitzen, die Geräuschkulisse allein reichte aus."

„Sebastian war schon über drei Jahre alt, da erzählten wir ihm, dass er ein Geschwisterchen bekommt. Er freute sich riesig und legte sofort die Namen fest, ohne dass er dabei groß überlegen musste."

„Wenn ich einen Bruder bekommen sollte, dann heißt der Tom. Ist es ein Mädchen, also bekomme ich eine kleine

Schwester, so nennen wir sie Jerry", imitierte Günther jetzt seinen Sohn.

„Hattet ihr keine Einwände?", fragte ich ziemlich erstaunt. „Schließlich ist Jerry doch ein Männername."

„Nein, warum?", meinte Günther. „Sebastian war ein kleines Kind, er würde das am nächsten Tag vergessen haben."

Wir lachten, da sich das ja als Irrtum herausgestellt hatte.

„Als unser kleines Mädchen geboren war, ging ich mit Sebastian ins Krankenhaus. Ich hatte ihm vorher erklärt, dass ein Baby kein Spielzeug ist, er es nur ganz vorsichtig anfassen darf und dass in anderen Zimmern Menschen liegen, die sehr krank sind. Am besten wäre es, wir würden ganz leise reden oder sogar nur flüstern."

„Und er sah so niedlich aus", schwärmte Sylvie weiter, „ein Dreikäsehoch in kurzen Hosen und mit einem so großen Blumenstrauß, dass er sich fast dahinter verstecken konnte."

„Ja, tolle Idee von mir", lobte sich Günther. „Kaum waren wir im Zimmer und er sah das rosa Mützchen, schmiss er den Blumenstrauß einfach weg, sprang auf Mamas

Bett und schrie aus voller Kehle: `Juhu, eine Jerry.´ Dann gab er seinem Schwesterchen einen feuchten Schmatzer und rannte los, laut brüllend über den gesamten Flur."

„Ich lag im Bett und konnte gar nichts machen, die anderen Frauen im Zimmer dagegen lachten herzhaft über ihn."

„Ich habe eine Schwester Jerry." Wieder imitierte Günther seinen Sohn und es klang wirklich wie bei einem kleinen Jungen. „Das rief er immer und immer wieder, während er rannte. So schnell konnten wir gar nicht reagieren."

„Günther ist dann aber doch hinterher."

„Hm. Weil mir das so peinlich war. Ein Arzt stellte sich Sebastian bereits in den Weg: `Man schreit hier aber nicht so rum´, belehrte er ihn ernsthaft."

„Ich bin kein Mann, ich bin ein Kind", wiederholte jetzt Sebastian seine Worte von damals.

„Ja, genauso neunmalklug hatte er das zu dem Arzt gesagt und war ihm dann noch durch die Beine geschlüpft. Aber der hat ihn doch zu fassen bekommen und an mich übergeben. Seinen Blick hättet ihr sehen sollen, der war sich sicher, dass wir besser hätten kein Kind mehr bekommen sollen."

„Und da alle es nun wussten, bekamst du diesen besonderen Namen." Sylvie schaute liebevoll zu ihrer Tochter.

„Nicht ganz. Wir haben schon noch versucht, ihn von einem anderen Namen zu überzeugen", widersprach Günther.

„Meinst du etwa Kerstin?", meldete sich Sebastian kopfschüttelnd. „Das war doch kein Name für meine Schwester."

„Und die Einladung?", hakte ich nach.

„Es wurde noch viel schlimmer mit ihm", reagierte Günther. „Als Jerry ihren ersten Freund hatte …"

„Wie alt warst du da?", fragte ich argwöhnisch.

„Vier oder fünf, richtig?"

„Fünf warst du", bestätigte Günther. „Ihr spieltet zusammen in der Sandkiste und du hattest deinen Arm um ihn gelegt. Da ging Sebastian dazwischen und fragte ihn, wie er denn heißt. Michael, sagte er, glaube ich."

„Du bist der Falsche", meldete sich jetzt wieder Sebastian selbst und hatte ein Feixen im Gesicht. „Na, ist doch wahr", meinte er, da wir alle lachen mussten.

„Egal, wen ich später auch mitbrachte, alle waren falsch“, murrte Jerry.

„Du warst zickig in der Pubertät und hattest gefühlt jeden Tag einen Neuen.“

„Er hat sie bereits an der Tür abgefangen, immer mit der gleichen Frage, wie sie denn heißen würden“, meldete sich Günther jetzt wieder. „Nachdem er ihren Namen erfahren hatte, drehte er sich zu Jerry und forderte, sie solle ihn laufen lassen, der sei verkehrt.“

„Dann wurde sie rebellisch“, meinte Sebastian.

„War doch klar, oder?“, fragte Jerry zurück. „Jeder Junge rannte sofort weg, nachdem du ihn angesprochen hattest. Ich war so wütend auf dich, dass ich es dann auch machte, also vorher fragen, wie er denn heißen würde. Doch wenn er `richtig´ gewesen wäre, hätte ich nie etwas mit ihm angefangen.“

„Rebellisch, dumm und dickköpfig“, fasste Sebastian zusammen. „Aber das hat sich ja Gott sei Dank verwachsen.“

Alle sahen meinen fragenden Blick.

„Sebastian hatte damals nicht nur Jerrys Namen festgelegt“, betonte Sylvie, „sondern auch, wen sie zukünftig heiraten sollte.

Natürlich nur einen Tom, ansonsten würde es nicht passen oder es wäre falsch."

„Da war er vielleicht vier oder fünf", ergänzte Günther, „und wir dachten wieder, er würde es vergessen."

„Hat er nicht", bestätigte Sebastian. „Und da du nun richtig bist, möchte ich wissen, wo ist meine Einladung zur Hochzeit? Wann heiratet ihr denn? Aua!"

Jerry hatte ihm einen Tritt ins Schienbein verpasst ...

Familie Onkel

Am nächsten Morgen lag ich selig im Bett. Jerry kuschelte sich an mich und ich ließ den Abend Revue passieren. Es war richtig schön und ihre Familie ist großartig. Wie sie mich sofort aufgenommen, ja in ihr Herz geschlossen hat. Vielleicht nur wegen des Namens?

„Warum sollte ich mich eigentlich von Sebastian fernhalten?"

„Wegen der Geschichten", antwortete Jerry noch etwas schlaftrunken.

„Ich fand die süß."

Und niedlich. Je länger ich darüber nachdachte, umso unwahrscheinlicher wurde ihre Erklärung. Da musste doch noch mehr sein, also bohrte ich weiter.

„Ich kann dich nie wieder verlassen", erklärte sie etwas später und obendrein noch vollkommen genervt. „Mein Bruder macht mir die Hölle heiß. Hast du das nicht gemerkt? Er ist sich sicher, du bist der Richtige."

Ich fand nichts Falsches daran und hatte von Anfang an recht. Sebastian war einfach nur cool …

Am Dienstag telefonierte ich mit meinem Vater, nur so als Erinnerung, dass wir Kuchen mitbringen würden. Aber da hatte ich wohl in ein Wespennest gestochen.

„Was war denn mit Mutters Kuchen?", wollte ich von ihm wissen.

„Er war so hart, dass ich ihn mit dem Messer nicht schneiden konnte, aber die Handkreissäge schaffte das. Als ich ein Stück in den Händen hielt, kam mir eine ganz großartige Idee.

In unserem Weg hinten fehlten doch immer noch ein paar Steine und ihr Kuchen hatte exakt die gleiche Farbe. Und was soll ich dir sagen, mein Sohn? Die Stücke passten perfekt, als wären sie nur dafür hergestellt.

Ich lief also zu deiner Mutter und beglückwünschte sie. Ich war so euphorisch, dass ich sie den weltbesten Steinmetz nannte."

„Und nun?" Ich lachte.

„Es ist sehr ruhig hier."

„Du meinst Tonstörung?"

„Ja, mein Sohn, lass dir das eine Warnung sein. Manche Frauen können einfach nicht mit Komplimenten umgehen …"

Sicherheitshalber telefonierte ich jeden Tag mit meinem Vater, denn meine Mutter übertrug ihren Frust scheinbar auf alle männlichen Familienmitglieder, mit mir wollte sie nämlich auch nicht reden.

Bis Freitag hatte sich dieser Zustand nicht geändert. Ich hoffte nur, dass mein Vater sie vom Backen abhalten konnte …

Als wir am Samstag vor unserem Haus parkten, spielte sich die gleiche Szene wie in der Woche vorher ab, nur umgekehrt. Ich hinderte diesmal Jerry am Aussteigen.

„Du darfst meinen Vater nicht so ernst nehmen, der meint es nicht so", gab ich ihr zu verstehen.

Das Lachen hatte er zwar abgelegt, aber weniger wegen der Namenskonstellation, sondern mehr dem Umstand geschuldet, dass seine Frau ihn ignorierte. Und ohne Zuhörer machte selbst meinem Vater Humor keinen Spaß.

„Okay."

Mehr sagte sie nicht, sondern war bereits ausgestiegen. Ich schüttelte nur den Kopf. Das konnte ja heiter werden …

Das wurde es auch. Meine Eltern hatten ihr Zerwürfnis scheinbar überwunden und es herrschte eitel Harmonie und Sonnenschein.

Ich traute dem Frieden dennoch nicht und beäugte meinen Vater. Aber nichts kam, nicht mal eine klitzekleine Bemerkung, ganz im Gegenteil.

Es machte richtig Spaß, das Essen schmeckte und auch unser Kuchen kam an. Sogar bei meiner Mutter, die vehement betonte, so gut könnte sie auch backen.

Vater und ich mussten uns zwar das Lachen verkneifen, aber von den Frauen schien das keine zu bemerken.

Später am Abend kam dann die Frage auf, wie wir uns das mit dem Nachwuchs vorstellen würden. Dass es bestimmt schwer wäre, wenn wir beide im Schichtdienst in der Klinik arbeiten würden.

Zu meinem Erstaunen zeigte Jerry hier, dass sie es faustdick hinter den Ohren hat.

„Och, dafür findet sich immer die Zeit. Notfalls schaffen wir das auch mit einem Quickie."

Mein Vater bekam große Augen und ich konnte erkennen, dass ihm meine zukünftige Frau ausnehmend gut gefiel. Ja, richtig gehört, ich hatte meine Entscheidung endgültig gefällt, jetzt an diesem Abend und in dem Moment. Denn niemand konnte meinen Vater besser schockieren und Paroli bieten.

Doch meine Eltern kamen wieder auf das Praktische zurück, wie Erwachsene eben so sind. Oder die eigenen Eltern …

Ehrlich gesagt, hatten wir beide uns bis jetzt darüber noch gar keinen Kopf gemacht. Erst einmal wollten wir ja nur zusammenziehen, der Rest würde sich dann ergeben.

„Habt ihr euch denn schon Namen überlegt?", fragte mein Vater.

Namen? Mehrzahl? Jerry und ich schauten uns erstaunt an.

„Wir haben schon mal nachgedacht. Vielleicht gefällt euch ja der eine oder andere.“ Mein Vater war in seinem Element.

„Nicht wir, er hat überlegt“, schränkte meine Mutter die Sache augenblicklich ein.

Ich wusste sofort, jetzt knallt's.

„Schön wäre es“, fügte mein Vater hinzu, „wenn ihr als zweiten Namen Günther oder eben Manfred nehmen würdet. Natürlich nur, wenn es ein Junge ist.“

Damit hatte ich nicht gerechnet. Ich dachte wirklich, er gibt jetzt einige seiner bösen und niederträchtigen Gedanken zum Besten. Doch über diesen Vorschlag konnte man wirklich nachdenken.

„Und als richtigen Namen“, ergänzte er noch, „wie gefallen euch denn Mickey Mouse, Popeye oder Bugs Bunny?“

Hochzeit

Vor einigen Wochen sind wir zusammengezogen. In meine kleine Wohnung, die fast ausschließlich zu Jerrys wurde.

Sie befindet sich gerade am Ende des klinischen Studiums in ihrer unmittelbaren Prüfungsvorbereitung und ich wusste ja, wie angespannt man in dieser Zeit ist.

Das geht bei ihr eigentlich, im Vergleich zu mir damals ist sie sogar recht tiefenentspannt. Vielleicht liegt das an Jerry selbst, an ihrer Art, sich vorzubereiten. Sicher auch aus dem Grund, da sie sehr zeitig begann, sich auf den schriftlichen Teil des zweiten Staatsexamens zu fokussieren.

Da meine Wohnung nur aus zwei Zimmern besteht, teilte sie die in unterschiedliche Bereiche. Mein Schreibtisch war zum Beispiel für die Anamneseerhebung da, mein

Nachtschrank und die Zone vor meinem Bett war der Pathologie vorbehalten. Der Esszimmertisch im Wohnzimmer diente der Therapieplanung und die Küche der Labordiagnostik. Für ihr Wahlfach reichte meine Couch.

Mittlerweile war sie in dem viermonatigen Praktikum und wir begegneten uns wenigstens ab und zu in der Klinik …

Doch wir besuchten in der Zeit regelmäßig unsere Eltern. In der einen Woche ihre, in der nächsten meine. Sie freuten sich alle jedes Mal sehr darüber.

Ich musste ziemlich schlecht aussehen, denn damit hielt keine der Parteien hinter dem Berg. Vor allem nicht mein Vater.

„Deine Entscheidungen scheinen nicht die besten zu sein", bemerkte er, als ich mal zwischendurch allein vorbeischaute.

„Was meinst du?"

„Deine Berufswahl zum Beispiel."

„Was stimmt damit nicht?"

„Alles."

Wir brauchten noch nie viele Worte in unserer Familie, schon gar nicht bei Problemen. Die kamen auf den Tisch, es wurde nach einer Lösung gesucht und fertig. Jetzt erkannte ich allerdings die Probleme nicht, ich wusste noch nicht einmal, dass ich welche hatte. Gott sei Dank gibt es Eltern …

„Du hast die Tradition gebrochen."

„Die der Forscher und Denker?" Jetzt war mir klar, wo der Hase langlaufen wollte oder der Fuchs begraben war.

„Ja. Und der Entwickler und Verbesserer. Alle aus unserer Familie, und das sind mehrere Generationen, standen im weißen Kittel in einem Labor, um es der Menschheit einfacher zu machen. Oder besser. Oder zu ihrer Gesundheit beizutragen." Voller Vehemenz kamen seine Worte.

„Das mache ich auch. Alles", konterte ich. „Ich stehe im weißen Kittel nur nicht im Labor, sondern vor meinen Patienten. Der Rest ist gleich."

„Nein, ganz und gar nicht, du verschreibst nur die Medizin, die andere entwickelt haben."

„Wollen wir mit der `Entscheidung´ warten, bis du ernsthaft krank bist und damit zu mir kommst?"

Jetzt war ich verärgert. Auf der anderen Seite wusste ich gar nicht, dass das meinem Vater so wichtig war.

„Ich habe also eine lange Familientradition gebrochen?“, hakte ich deshalb nach.

„Ja. Und du wirst nicht einmal ernst dabei genommen. Sie nennen dich doch immer noch `Onkel Doktor´, oder?“

„Für meinen Namen kann ich nichts, den habe ich von dir.“

„Nur, dass ich keine Probleme damit habe.“

Das stimmte und ich musste es neidvoll anerkennen. Schon als kleines Kind an seiner Hand, wenn wir durch das Labor gingen, sprachen die Leute ihn respektvoll an. Vor allem richtig …

Das Gespräch mit meinem Vater beschäftigte mich noch die nächsten Tage. Ich hinterfragte mich ernsthaft, ob ich vielleicht nur aus einem rebellischen Moment heraus diesen Beruf gewählt hatte, Arzt geworden war. Doch das konnte ich entschieden verneinen.

Der Job machte mir wirklich Spaß, vor allem die Arbeit mit den Patienten. Und dass sie mich falsch nannten? Nun ja, manchmal war das schon recht lustig …

Jerry hatte mittlerweile ihr zweites Staatsexamen bestanden und war nun für das letzte Jahr bis zu ihrem ordentlichen Abschluss auf den verschiedenen Stationen in der Klinik tätig.

Wir arbeiteten im gleichen Krankenhaus und sahen uns doch so gut wie nie. Selbst zu Hause war es kaum anders durch die unterschiedlichen Dienstzeiten. Aber so hatte jeder die Wohnung wenigstens für sich …

Doch alles geht einmal vorbei, selbst diese merkwürdige Zeit. Jerry bestand ihr Examen mit Bravour und während ihrer Assistenzarztzeit arbeitete auch sie bereits an ihrer Doktorarbeit. Und wir hatten eine Entscheidung gefällt …

Direkt nach ihrer Verteidigung wollten wir heiraten und unsere Familien waren überglücklich. Wir auch, denn unsere Beziehung war fester und inniger geworden. Und der Tag rückte immer näher …

Von allen Seiten hörten wir, dass es der glücklichste und schönste Tag in unserem Leben sein wird. Ich war skeptisch. Hoffentlich nicht, dachte ich jedes Mal, hoffentlich kommen dann noch ganz viele glücklichste und schönste Tage …

Es war eigenartig, alle um uns herum nahmen den Tag scheinbar wichtiger als wir.

Was nicht ganz stimmt, denn wir freuten uns auch riesig darauf. Mit der Zeit verschwand die Vorfreude allerdings fast vollkommen und wir verspürten stattdessen nur noch Stress.

Dabei hatten wir ganz klar herausgestellt, wie wir `unsere Hochzeit´ feiern wollen. Es sollte keine dummen Spiele geben, keine Bäume zersägen oder Tauben steigen lassen. Auch wollten wir nicht um ein Strumpfband kämpfen oder wie die Blöden um Stühle hechten. Das alles sollte es nicht geben. …

Unser Umfeld sah das anders. Es würde zu einer Hochzeit gehören und wir hätten gar keine Ahnung. Gott sei Dank würden sich andere darum kümmern.

Als dann unser Beitrag zu dieser Hochzeit auf eine Statistenrolle zusammengeschrumpft war, also eigentlich nur noch das `Ja-Sagen´ vor dem Standesbeamten beinhaltete, machten wir uns kräftig Luft.

Wir entzogen allen aktiven Planern die Fäden, wodurch wir vier ganze Wochen in vollkommener Ruhe genießen konnten.

Niemand sprach mehr mit uns, weder die Familienmitglieder noch die Freunde. Alle waren hochgradig angesäuert, da es doch die

Hochzeit des Jahres werden sollte. Ach, was sage ich, die des Jahrhunderts. Lediglich wir beide waren wieder rundherum glücklich und vielleicht auch ein klein wenig garstig …

Da keiner mehr mit uns reden wollte, planten wir die Hochzeit nun vollkommen allein, ohne auf die gesamte `professionelle Hilfe´ der Eltern und Freunde zurückzugreifen.

Jetzt würde es wirklich unsere Hochzeit werden und wir waren uns sicher, alle anderen kämen auch auf ihre Kosten. Oder gerade deshalb …

Als Krönung schickten wir ihnen Einladungskarten, die nichts preisgaben, außer den Termin der Trauung. Na ja, die GPS-Koordinaten von der Location nannten wir auch noch, sehr nah der Ostsee, in einem super tollen Hotel, welches Traumhochzeiten am Strand anbot. Wohlweislich gaben wir die Empfehlung, eine ungezwungene Kleidung zu wählen …

Und siehe da, plötzlich sprach man wieder mit uns, obwohl es eher ein Löchern war. Jeder wollte alles haarklein wissen, aber Pustekuchen. Nicht von uns …

Der schönste Tag

Dann kam das große Ereignis. Wir waren einen Tag vorher angereist, um uns in Ruhe darauf einzustimmen und auch um zu schauen, ob alles vorbereitet war. Wir staunten, es war mehr als perfekt. Jetzt konnte nichts mehr schiefgehen. Überhaupt gar nichts mehr …

Am nächsten Morgen beim Aufstehen stolperte ich in unserer Suite über den Bettvorleger. Ich fiel bäuchlings auf den Boden und mein Kopf, besser gesagt, mein Gesicht landete auf Jerrys Hochzeitsschuhen. Die waren etwas höher und einer davon traf mein Auge. Ziemlich exakt sogar.

Während ich es sofort kühlte, dachte ich immer an den Spruch vom glücklichsten und schönsten Tag im Leben. Ich revidierte mich sowie meine vorigen Gedanken und wollte doch in Zukunft nicht mehrere von diesen `schönsten Tagen´ erleben, denn mein Auge tat höllisch weh …

Jerry bot auch keine große Hilfe. Sie meinte, ich solle mich nicht so haben, notfalls könnte sie mein anderes Auge ja auch blau schminken.

Da ich nicht die ganze Zeit mit der Packung Tiefkühlerbsen auf dem Auge herumlaufen wollte, die ich mir aus der Küche besorgt hatte, bastelte ich mir eine Augenklappe.

Früher gab es so etwas in jedem Verbandskasten, da war ich mir absolut sicher. Doch die neuen enthielten sie nicht mehr. Also improvisierte ich und dankte Gott für die Erfahrung, die ich als Notfallmediziner sammeln konnte.

Vor vielen Jahren, als man Autos noch selbst reparieren konnte, war eine Damenstrumpfhose unersetzlich und gehörte unbedingt in die Ersatzteilkiste eines jeden Fahrzeuges. Oder auf den Beifahrersitz. Anstelle eines gerissenen Keilriemens kam man mit der ohne Probleme nach Hause. Meistens auch noch viel weiter …

Heute ist es ein Damentanga, ein String, der universell einsetzbar ist. Er dient als

Schutzmaske und natürlich auch als Augenklappe. Die tiefgekühlten Erbsen kamen in eine meiner Socken und die hielt ich mit dem Tanga über dem Kopf an meinem Auge fest.

Anfangs konnte ich mich bei der großen Auswahl gar nicht entscheiden. Warum hatte Jerry mehr als fünfzehn Strings im Gepäck?

Ich ignorierte lieber die Frage und entschied mich für einen schwarzen, der eigentlich nur ein Hauch aus Spitze war. Aber so sah mein Problem wirklich sexy aus. Dachte ich zumindest …

Meine Mutter bekam jedoch einen Schreikrampf, als sie aus dem Auto stieg und mich sah. Schon aus der Ferne, was ich verwunderlich fand. Ich dachte immer, sie könnte weit nicht gut gucken …

Mein Vater war eher der Pragmatiker. Er wollte die Hochzeit gleich ganz absagen, doch das ignorierten wir. Warum auch, mit einem blauen Auge konnte man schließlich trotzdem `Ja´ sagen.

Mutter brubbelte ständig: „Das wird noch schlimmer. Das wird keine Hochzeit, sondern ein Fiasko."

Als Jerrys Eltern und ihr Bruder kurz darauf angekommen waren, vertraten sie die gleiche Meinung.

Die beiden Frauen sonderten sich ab und jammerten nun im Duett. Das hatte in meinen Augen eher etwas mit Beschwörungen zu tun und ich bat unsere Väter, sie mögen doch die beiden Hexen in ein Verlies bringen, notfalls würde auch ihr Zimmer gehen. In meinem Inneren war der Scheiterhaufen auch eine Option, doch das behielt ich lieber für mich …

Das Hotel hatte auf der Wiese einen größeren Imbiss vorbereitet, für all die Gäste, die gegen Mittag anreisten und ihre Zimmer bezogen.

Mittlerweile waren auch unsere Freunde und Verwandten eingetroffen, wir saßen entspannt in der Runde und nichts deutete darauf hin, dass nachher eine Hochzeit stattfinden sollte. Außer vielleicht die Gäste selbst, die mehr oder weniger festlich gekleidet und aufgeregt waren. Durch die Bank eigentlich alle, aber auf eine positive Art.

„Mein Sohn, erkläre doch mal, wie das jetzt weitergeht“, meldete sich irgendwann mein Vater. Sofort hörten die Gespräche auf, alle schauten gespannt zu mir und warteten auf meine Antwort.

„In einer Stunde trefft ihr euch vor dem Hotel und dann geht ihr gemeinsam zur Trauung."

Meine Mutter stand sofort auf und schaute sich um. Auf der Rasenfläche standen nur die Pavillons, unter denen wir gerade saßen. Im Hotel selbst ging das normale Leben weiter und Nebengebäude gab es auch nicht. An die Wiese schloss sich nur Wald an, eigentlich von allen vier Seiten.

„Wohin?", fragte sie und ihre Stimme klang verzweifelt. So hatte sie sich die Hochzeit ihres einzigen Sohnes nicht vorgestellt, überhaupt gar keine Hochzeit. „Kommen denn Busse?"

Jetzt schwang in ihrer Stimme Hoffnung mit. Irgendwo, also sehr weit weg, musste es einen Flecken geben, der auch danach aussah, dass geheiratet werden könnte.

„Ihr geht nach vorn auf den Weg und dann nach links", redete ich weiter und wieder direkt an meinen Vater gerichtet. „Nehmt bitte das richtige Links, ansonsten heiraten wir beide nämlich allein."

Meine Mutter stand immer noch und schaute in die angedeutete Richtung, was ziemlich sinnlos war. Sie müsste schon durch Wände schauen können, denn dort stand das Hotel.

„Wir verabschieden uns jetzt." Ich nahm Jerry an die Hand.

Wir verließen unsere Gäste und bekamen noch mit, dass die Gespräche wieder aufgenommen wurden. Es hörte sich gut an und wir hofften, dass unsere Mütter keine Panik verbreiteten, während wir uns von ihnen entfernten. Und auch, dass sie nachher den richtigen Weg nahmen. Wenigstens einer von ihnen sollte rechts von links unterscheiden können. Und sich bestenfalls auch noch durchsetzen …

Als wir an der Rezeption vorbeikamen, eilte der Manager auf uns zu.

„Es gibt ein Problem", sagte er mit ernster Miene.

Ja, unsere Mütter, dachte ich. Aber woher wusste er davon?

Vor einer Sekunde war sein Blick noch ernst, doch jetzt sah er mich. Seine

Mundwinkel verzogen sich augenblicklich nach oben zu einem richtig fetten Grinsen.

Ich hatte vorhin die Tüte mit den eingefrorenen Erbsen mit nach unten genommen und in einem Behälter für Eiswürfel deponiert. Ich brauchte ja nur einige, die ich in eine meiner Socken gefüllt hatte und so blieben die anderen schön eiskalt. Den gefüllten Strumpf legte ich mir aufs Auge und fixierte das Ganze mit einem Tanga.

Nach einer Weile tauten die Erbsen allerdings auf und es sah aus, als würde ich ständig aus dem verletzten Auge weinen.

Schlimmer war, dass die Socke der Anziehungskraft folgte und ein nasser String dem auch nichts entgegenzusetzen hatte.

Erst wollte ich auf die schlechte Qualität schimpfen, aber dann fiel mir ein, dass der im wirklichen Leben nicht viel zu halten hat.

Und es war gut, dass ich so viele Tangas besaß, äh, dass Jerry so viele mitgenommen hatte …

Nun stand ich vor dem Rezeptionisten und er schaute lächelnd auf mein Auge. Ich trug jetzt den silbern schimmernden Tanga, den mit der großen roten Zunge darauf.

Meine Oma würde sagen, der Mann vor uns hinter seinem Tresen hatte eine schmutzige Fantasie. Wir heute sehen das ja alles etwas lockerer …

Erst wiederholte er seine Aussage mit dem Problem, dann schilderte er es. Unsere Standesbeamtin war heute Morgen in einen Unfall verwickelt worden, aber sie hätten Ersatz gefunden. Ein Vertreter aus dem hiesigen Amt hätte sich sofort bereit erklärt und wäre auch schon über alles informiert.

Wir hörten still zu und wollten nur wissen, ob er die Trauung auch vollziehen darf oder besser, seine Unterschrift nachher auch gültig sei und bekamen ein kräftiges Nicken.

Hervorragend, und wo war jetzt das Problem?

Es gäbe kein Problem, er wollte nur nicht, dass wir uns nachher wundern …

Ich bekam langsam Angst. Was war das mit den Männern und den Problemen? Würde ich auch mal so werden?

In unserem Zimmer wartete bereits Jerrys Freundin, die eine sehr gefragte Friseurin ist.

Sie wollte Jerrys wallende Mähne dem Anlass entsprechend zügeln, ihr beim Anziehen helfen und sie insgesamt verschönern.

Dies war schlicht und ergreifend nicht möglich, denn Jerry war mit Abstand die schönste Frau auf diesem Planeten. Und genau das gab ich ihrer Freundin auch deutlich zu verstehen.

Beide Damen ließen mich allein im Zimmer und gingen ins Bad, aber nicht, ohne mir vorher zu zeigen, was sie von meiner Aussage hielten. Dass ich nämlich überhaupt keine Ahnung hätte …

Ich war wohl eingenickt, denn als ich aufwachte, stand eine wunderhübsche weiße Göttin vor mir. Erst beim zweiten Blick erkannte ich Jerry und ich entschuldigte mich augenblicklich bei den beiden. Sie hatten recht …

„Man soll die Braut doch nicht vor der Trauung in ihrem Kleid sehen“, erklärte Jerrys Freundin. „Nicht, dass jetzt noch etwas schiefgeht.“

Ich zeigte nur auf mein Tanga-verziertes Auge. Was konnte denn jetzt noch passieren?

Dann machte auch ich mich schick und stellte mich so meiner zukünftigen Frau vor. Sie lächelte, also war wohl alles in Ordnung. Dann kam sie auf mich zu.

„Den Verband nehmen wir jetzt aber ab." Sie löste den Tanga. Ich nickte leicht, kurz darauf hörte ich ein `oh´.

„Dann nimm ihn doch auch ab", sagte ich leicht nervös und wartete.

„Das habe ich bereits."

„Kann nicht sein. Ich sehe ja überhaupt nichts."

„Mach doch mal dein Auge auf." Ich konnte ihr Grinsen förmlich hören …

„Geht nicht", meinte ich entsetzt und rannte ins Bad. Nun war ich der mit dem `oh´.

Ich hatte schon viele solcher Augen gesehen. Die einen entstanden bei echten Faustschlägen, also solchen, die in einem Boxring ausgeteilt wurden.

Andere hingegen fing man sich auch schon mal auf der Straße ein oder bei irgendwelchen Rangeleien `unter Freunden´. Meins war mit Sicherheit das Erste, welches durch einen Damenschuh entstanden war.

Und es sah schlimm aus. Ich konnte mein Lid nicht öffnen, da es so dick geschwollen war und die Muskeln dort für solch eine Aufgabe nicht angelegt waren. Außerdem verfärbte es sich jetzt wirklich schon in ein kräftiges Blau. Sofort nahm ich meinen Tanga.

„Oh nein, mein Freund, der bleibt weg. Was sollen unsere Kinder später von uns halten, wenn sie auf den Fotos sehen, dass ihr Daddy einen String über dem Auge trug? Bei seiner Hochzeit?“

Sie hatte recht. In ein paar Jahren würde ich mich bestimmt auch dafür schämen. Und unsere Freunde, die würden heute schon fotografieren und die Bilder mit der Welt teilen, was das Zeug hielt.

„Bist du dir sicher?“

„Ja, eindeutig. Ich heirate lieber Quasimodo light als einen Perversen.“

Also ließ ich den Tanga weg …

Es wurde Zeit und wir machten uns auf den Weg zum Strand. Wir hatten keine Ahnung, wie es dort aussehen würde und hofften nur, dass es dem Anlass entsprechend ausgerichtet war. Am besten gefüllt mit unseren Gästen, falls es mit `Links´ und `Rechts´ geklappt haben sollte …

Dann standen wir oberhalb, noch an den Dünen auf einem breiten, schönen Holzweg, der bis zu unserer Fläche führte.

Überall am Geländer waren Blumen und weiße Bänder angebunden, die leicht im Wind wehten. Am Strand lag ein großer roter Teppich, darauf standen weiße Stühle, die ebenfalls diese weißen Bänder hatten.

Über allem thronte ein festlich geschmückter achteckiger Pavillon, der nicht nur Schatten spendete, sondern an sich schon ein Kunstwerk war. Ich atmete auf, denn alle Stühle waren besetzt. Allerdings wirkten unsere Gäste, selbst von Weitem, so schien es zumindest, sehr angespannt.

Ich vergrößerte meinen Blickwinkel so gut es ging und sah den vollen Strand. Das Wetter war einzigartig, die Sonne strahlte und ein leichter Wind sorgte für Erfrischung.

Jetzt bemerkte ich auch, dass die Veranstalter unsere Fläche genau zwischen zwei Abschnitten platziert hatte.

Links erstreckte sich der textile Strand, rechts war es eine Kombination. Dieser Bereich war für Hunde und – oh mein Gott, für Nackte vorgesehen. Es war der FKK und Hundestrand …

Wir waren insgesamt hundert Leute, aber um unsere Fläche standen mindestens fünfmal so viele, ebenfalls exakt getrennt. Und sie kamen bis an den roten Teppich heran.

Jerry musste wohl zur selben Zeit das Gleiche gesehen und gedacht haben, denn wir gaben absolut synchron diesmal ein doppeltes \`oh oh´ von uns. Dann schauten wir uns an und mussten schallend lachen. So etwas konnte nur uns passieren …

„Versprich mir, dass wir keine Fotos aufheben“, forderte Jerry schmunzelnd, „zumindest keine von der rechten Seite.“

Ich nickte und dachte mir gerade, dass heute die sozialen Netzwerke abstürzen würden. Nicht durch unsere Gäste, die saßen ja nur steif auf ihren Stühlen. Das Publikum war es, von dem scheinbar alle mit einem Handy bewaffnet waren.

Jetzt hörten wir von unten Beifallklatschen. Was dachten die, wer wir sind? Irgendwelche Promis?

„Mann, das ist echt peinlich“, sagte auch schon Jerry, doch dann mussten wir erneut lachen. Und den Kopf schütteln. Ich musste wieder an den glücklichsten und schönsten Tag in meinem Leben denken …

Durch den Applaus wurden unsere Gäste auf uns aufmerksam, sie erhoben sich von ihren Plätzen und erwarteten uns.

„Nun komm schon.“ Jerry zog mich kräftig am Arm.

„Mach lieber nicht so doll“, sagte ich daraufhin grinsend zu ihr, „denn das könnte verdammt merkwürdig aussehen. Die Leute da unten denken sonst womöglich, dass du das warst mit meinem Auge. Weil ich eigentlich gar nicht heiraten wollte.“

Sie schaute zu ihrer Hand, die immer noch meinen Arm festhielt. Dann nickte sie wissend und ergriff stattdessen meine Hand. Ich hielt sie fest, ganz fest …

Alle warteten stehend, bis wir die Fläche erreicht hatten. Jerrys Vater nahm die Hand seiner Tochter und führte sie bei entsprechender Musik bis zum Tisch des Standesbeamten.

Ich stand bereits dort und wartete auf die beiden. Als ich an meinen Eltern vorbeikam, schüttelten sie synchron ihren Kopf.

„Das meintest du also mit ungezwungener Kleiderordnung?“, zischte mein Vater mir noch zu. Ich ging schnell weiter.

Meine Zukünftige war wunderhübsch und ihr Anblick trieb mir jetzt vor Glück die Tränen in die Augen. Als sie neben mir stand, schauten wir uns lange verliebt an und drehten uns erst zu dem Standesbeamten, als der sich räusperte.

Hatte ich eben noch Angst, dass ich die ganze Zeit flennen würde, erledigte sich das jetzt von selbst. Vor uns stand ein lustig dreinblickender Mann um die vierzig, mit sehr großen, extrem abstehenden Ohren. Dazu hatte er eine kurze Mäcki-Frisur, doch mein Blick hing an seinen Ohren.

Ich war Arzt und hatte schon viele gesehen, aber noch nie waren mir so große Exemplare begegnet. Sie reichten tatsächlich fast vom Kinn bis zum Kopfende.

War das noch ein Mensch? Ich erwartete sogar, dass die Ohren sich jetzt auch noch mit dem Wind bewegen würden. Gott sei Dank war kein Sturm …

Dann zwinkerte er mir zu und schlagartig war ich auf alles gefasst. Ich war mir zu hundert Prozent sicher, dass diese Trauung voll in die Hose gehen würde. Und das auch noch vor unseren Gästen und Hunderten von Schaulustigen. Das Gezeter unserer Mütter danach hatte ich auch schon im Ohr.

Doch ich wurde eines Besseren belehrt. Er war der erste Mensch, der meinen Namen in der richtigen Reihenfolge aussprach und ab jetzt konnte ich die Zeremonie wirklich genießen.

Ich strahlte über das ganze Gesicht, der Mann vor uns war unterhaltsam, ohne dabei den ehrwürdigen Anlass aus den Augen zu verlieren. Hinter mir hörte ich Taschentücher rascheln und auch das gefiel mir.

Sicher, es ging ein leichtes Raunen durch die Zuschauermassen, als unsere zukünftigen Namen verlesen wurden, auch sie kamen in der richtigen Reihenfolge: Tom Onkel und Jerry Thier-Onkel.

Mir gefiel, dass meine Frau den Doppelnamen gewählt hatte, zumal ich den Anstoß dazu gab und ständig nachbohrte. Doch nun war sie save, nun würde sie keinen rhetorischen Verwicklungen mehr erliegen.

Wir hatten es fast geschafft, hielten uns strahlend an den Händen und hörten dem Mann vor uns bis zum Schluss aufmerksam zu.

Um uns herum war Stille, bis auf einige Schluchzer der engsten Vertrauten und Seufzer aus den Zuschauerreihen. Oder bellen. Gleich würde die Stelle mit dem Küssen kommen …

„Dann verkünde ich laut und kraft meines Amtes“, betonte der Standesbeamte wirklich mit erhobener, sehr, sehr lauter Stimme: „Die beiden, also Tom und Jerry, sind ab jetzt und für alle Zeit ganz offiziell ein Ehepaar.“

Der Rest seiner Worte ging im Gelächter unter, auch das mit dem Küssen. Und die Taschentücher waren ebenfalls bei allen verschwunden …

Noch heute reden die Leute davon, dass es die schönste Hochzeit war, die sie je erlebt haben. Und die lustigste …

Am besten fanden sie, dass sie keine Ahnung hatten, was auf sie zukam. Und auch, dass durch das Fehlen von mehr oder weniger lustigen Spielen die Stimmung nicht dauernd in den Keller rutschte.

Stimmt, so war der Plan. Apropos …

Pläne

Jerry hatte erfolgreich ihre Doktorarbeit verteidigt und steckte noch in ihrer Assistenzzeit. Ich hingegen war damit schon eine Weile durch und arbeitete nach wie vor auf der Inneren.

Zwischenzeitlich hatte ich mein Wissen und Können um einige Module erweitert, neben der Chiropraktik kam noch die Naturheilkunde dazu. Besonders mein Vater stand auch dem ablehnend gegenüber.

„Du bist Arzt, was ja schon schlimm genug ist", wiederholte er in regelmäßigen Abständen, „aber warum jetzt auch noch eine Ausbildung zum Hexenmeister?"

Für ihn war alles, was nicht im Labor entwickelt oder dort getestet wurde, Voodoo-Zauber, Humbug oder Hexenalchimie. Es war schlicht und einfach unnützes Zeug, da es doch heute für alles Pillen gab. Nein, so wurde den gutgläubigen Leuten nur das Geld aus der Tasche gezogen.

Wenn ich dabei anmerkte, dass Pillen und Pülverchen aus der Apotheke auch ihren Preis hätten, wischte er das Argument regelmäßig und mit beiden Händen vom Tisch. Forschung und Entwicklung würden schließlich eine Menge kosten.

Außerdem ist es ja wohl klar und logisch und müsste für jeden auf der Hand liegen, außer vielleicht für seinen Sohn, dass ein Tee, dessen Blätter ich beim Spazierengehen pflücke, nichts taugen kann. Schließlich muss ich keinen Cent dafür bezahlen und was es umsonst gibt, taugt nie etwas. Oder wirkt …

Ich nahm seine Worte gelassen hin, kommentierte sie nicht und war gespannt, wie das ausging. Ich meine, falls er mal ein Zipperlein hätte, er damit zu seinem Sohn käme, und ich mir dann einen Spaß daraus machen würde.

Wenn ich vielleicht einige Beschwörungsformeln murmeln und um ihn herumhüpfen würde, was in etwa seinen Vorstellungen von Naturheilkunde entsprach …

Wir lebten immer noch in meiner kleinen Zweizimmerwohnung, was alle ziemlich merkwürdig fanden. Wenn wir schon kein Haus bauen oder kaufen würden, warum dann nicht wenigstens in eine größere Wohnung ziehen?

Anfangs war das einfach kein Thema. Erst sahen wir uns fast nie, weil wir so unterschiedliche Dienstzeiten hatten, und dann wussten wir auch nicht, ob es mit uns passt.

Als das geklärt war, fehlte uns immer noch die Zeit, eine Wohnung zu suchen und zu besichtigen. Oder die Lust, der Antrieb oder ein Grund dazu, zumal Kuscheln auf engstem Raum doch so viel für sich hatte …

Wir beide hielten uns durch Sport fit, was bei der knappen Zeit eigentlich eine Herausforderung war. Ich zum Beispiel nutzte die Wege zum Krankenhaus und zurück zum Joggen und Fahrradfahren. Immer abwechselnd, sodass keine Eintönigkeit aufkommen konnte.

Jerry war allerdings nicht dazu zu bewegen, sie wollte nicht verschwitzt ihren Dienst antreten. Meinen wertvollen Hinweis, die Duschen in unserer Umkleide zu benutzen, überhörte sie stets und ständig.

Sie machte dagegen einen auf Yoga, was mich ab und zu schon an meiner Wahl, sie betreffend, zweifeln ließ. Das und Aerobic sorgten bei mir nur für ein Grinsen, ich fand, es war lächerliches Hüpfen oder merkwürdiges Verrenken ohne Sinn und Verstand. Und Training konnte man sicher auch nicht dazu sagen, schließlich könnte das jeder …

Hätte ich mal lieber den Mund gehalten und auf meinen Vater gehört. Der meinte einmal, es war wohl kurz vor unserer Heirat, dass jetzt harte Zeiten auf mich zukommen würden. In der Ehe hätte nämlich nur einer die Hosen an und das wäre nie der Mann.

Außerdem solle ich immer und überall auf der Hut sein, Frauen denken über acht Ecken und ehe ich mich versehe, müsste ich plötzlich Dinge machen, die ich nie zu tun gedachte.

Genauso war es. Alles.

Dumm nur, dass `Mann´ immer erst hinterher merkt, wie er wieder mal nach Strich und Faden ausgetrickst wird …

Ich hatte Jerry mit ihrem Yoga provoziert, sagte erneut, dass es kein Sport sei, sondern nur Ausruhen auf hohem Niveau.

„Cool, dann ruh dich doch einmal mit mir zusammen aus“, meinte sie daraufhin. „Dafür laufe ich morgen mit dir zur Klinik.“

„Echt jetzt?“, fragte ich vollkommen überrascht.

„Na klar, vorausgesetzt, du hältst durch.“

Ich grinste sie an. Das meinte sie doch wohl nicht ernst, oder? Was sollte man da nicht aushalten?

Mein Grinsen wurde immer breiter, als wir im Schneidersitz begannen. Unsere Hände lagen auf den Knien, die Augen sollte ich schließen und mich nur auf meine Atmung konzentrieren.

Ich schlief ein. Das war nicht geplant, deshalb weckte mich Jerry auch ziemlich unsanft. Und ich fragte mich, seit wann Boxen zum Yoga gehört.

„Wir machen einen Flow, damit es nicht so langweilig für dich ist“, bestimmte sie dann. Das fand ich nett, zumal sie freundlich dabei lächelte.

Ha, von wegen nett. Es war verdammt hinterlistig, nur dass ich das zu diesem

Zeitpunkt noch nicht erkannte. Denn eine ganze dreiviertel Stunde lang versuchte ich krampfhaft, mir aufeinanderfolgende Übungen zu merken. Aber das war sinnlos.

Ich benötigte meine Konzentration schon für die Ausführungen, also machte ich ihr alles nach. Herabschauender Hund, aufblickender Hund, Kobra, Kindsstellung. Krieger eins, zwei und drei, Baum, Planke, alles Dinge, die sich so leicht anhören.

Bei Krieger drei, also einer Standwaage mit ausgestreckten Armen nach vorn, und auch beim Baum war ich dankbar für unsere kleine Wohnung. Hätte ich mehr Platz gehabt, wäre ich jedes Mal wie ein nasser Sack umgefallen. So konnte ich mich halbwegs an unseren Möbeln festhalten.

Jetzt wusste ich auch, weshalb ich Yoga ablehnte. Viele der Dehnungsübungen waren einfach nichts für uns Männer. Das sagte ich ihr, was sie mit einem Lachen honorierte.

„Klar, Millionen von Asiaten bekommen das hin, Millionen Männer auf der ganzen Welt machen es ihnen nach, nur mein Mann nicht, der erfindet Ausreden."

Ich hatte keine Zeit, mich zu verteidigen und für böse Blicke auch gar keine Kraft mehr, so geschafft war ich.

„Na ja, kann man mal machen. War jetzt nicht so die Herausforderung“, philosophierte ich, als wir nach dem abschließenden entspannten Liegen die Matten zusammenrollten. „Ist eher etwas für Senioren und Frauen, die alles ruhig angehen wollen.“

Jerry warf nur ein Blick auf mein Shirt. Ich auch. Was war das? Ich war komplett durchgeschwitzt, als wäre ich zehn Kilometer flott gerannt. Ich verschwand schnell unter die Dusche …

Als am nächsten Morgen der Wecker klingelte, wollte ich fix aufstehen, so wie ich das gewohnt war. Ein fürchterlicher, unbändiger Schmerz durchzuckte meinen ganzen Körper.

Ich schrie auf, was mir nur noch mehr Schmerzen bereitete. Bis ich an der Bettkante saß, verging eine kleine Ewigkeit. Mein gesamter Körper war ein einziger Muskelkater.

Andere Leute sagen in dieser Situation immer, dass sie gar nicht wüssten, wo sie überall Muskeln haben. Das Argument kann ich leider nicht anführen. Schließlich habe ich vier Semester damit zugebracht, all das zu lernen und in den Jahren danach, dieses Wissen auch anzuwenden.

Es war schrecklich. Der kurze Weg unter die Dusche verlief mit den übelsten Schmerzen und Anstrengungen, die eher einem Marathonlauf entsprachen. Jerry überholte mich locker auf halber Strecke und hatte ihren Kaffee fast aus, als ich in gemäßigter Geschwindigkeit gen Küche schlurfte. Und sie hatte keinen für mich gemacht …

„Ich wusste nicht, ob du lieber eine Packung Aspirin trinken willst“, meinte sie grinsend. „Soll ich dich mit dem Auto mitnehmen oder willst du joggen?“

Ha ha. Dann lachte sie auch noch schadenfroh, während sie sich umzog.

„Kommst du?“

Wie? Ich hatte es gerade bis in die Küche geschafft …

In der Klinik war es etwas ganz anderes. Dort wussten die Leute, dass ich sportlich aktiv bin und sie zeigten Mitgefühl. Ihrer Meinung nach musste ich wirklich an einem Marathon teilgenommen haben oder an einem superschweren work-out. Ich ließ sie in dem Glauben.

Ich ja, Jerry nicht. Als sie leichtfüßig über den Gang schwebte, fragte sie mich schelmisch und ziemlich laut, ob wir heute Abend noch mal Yoga probieren wollten. Der gestrige Versuch war ja wohl nichts.

Alle Kollegen und erst recht die Schwestern grinsten mich jetzt nur noch schadenfroh an …

Auf unserer Station wurde die Stelle des Stationsarztes ausgeschrieben. Ich hatte gute Chancen, ernannt zu werden und es war das erste Mal, dass mein Vater ein wenig stolz zu mir schaute.

„Na ja, dann wird vielleicht doch noch was aus dir. Ich hatte ja schon die Hoffnung aufgegeben."

„Was die Qualifikationen betrifft, bin ich jetzt schon besser als du", rebellierte ich.

„Hm, wenn du meinst", erwiderte er. „Aber dich fragt auf der Straße keiner nach deinen Qualifikationen, nur vielleicht nach deinem Job. Und da trennen uns Welten."

Ich hatte keine Ahnung, was das für Welten sein sollten, doch es war zwecklos, meinen Vater vom Gegenteil überzeugen zu wollen.

Das hatte selbst ich mittlerweile begriffen, auch wenn ich dazu etwas länger brauchte, so an die dreißig oder vierzig Nächte gut, die wir durchdiskutierten.

Mein Vater ging prinzipiell immer als Sieger hervor, aber nur, weil ich zum Dienst musste. Und das war wieder ein Punkt für ihn …

Ortswechsel?

Ungefähr zu dieser Zeit lernte ich ein älteres Ehepaar kennen. Die beiden besuchten eine meiner Patientinnen und ich erkannte sofort, dass sie vom Fach waren.

Es stellte sich heraus, dass der Mann eine Praxis auf dem Land hatte und seine Ehefrau arbeitete für ihn als Sprechstundenhilfe. Er war es auch gewesen, der die Einweisung der Patientin veranlasst hatte. Die wiederum sprach nur in den allerhöchsten Tönen von `ihrem Doktor´. Und dass ich ihn unbedingt näher kennenlernen sollte …

Das war für mich jetzt keine außergewöhnliche Bitte. Die Patienten hatten es immer gern, wenn `ihre´ Ärzte sich miteinander austauschten. Aus irgendeinem Grund bekamen sie dadurch größeres Vertrauen, wahrscheinlich weil sie dachten, zwei Meinungen sind besser als eine.

Erstaunt war ich jedoch, als die beiden mich nun baten, mit ihnen einen Kaffee zu trinken. Natürlich dachte ich, dass es um die Behandlung der Patientin gehen würde, also gab ich auf Station Bescheid und ging mit ihnen in die Cafeteria.

Wie ich vermutet hatte, war die Patientin der Auslöser, aber anders, als ich es mir zurechtlegte. Die Frau hatte auch von mir in den höchsten Tönen geschwärmt und über mich einiges berichtet, was bei mir Erröten auslöste. Lange Rede, kurzer Sinn, sie boten mir ihre Praxis an.

Ich war vollkommen perplex. Meine Bewerbung für den Stationsarzt hatte ich zwar schon geschrieben, aber noch nicht bei der Klinikleitung eingereicht. Irgendetwas hatte mich immer noch davon abgehalten. Und nun bekam ich dieses Angebot …

Merkwürdig war ebenfalls, dass sie sämtliche Forderungen und auch Fördermittel kannten, die wir, also meine Frau und ich, nutzen könnten. Ich dagegen interessierte mich mehr für den Grund, weshalb sie ihre Praxis auf- oder übergeben wollten.

Und dann sah ich es, das Leuchten in ihren Augen. Sie hatten sich eine kleine Finca in Spanien gekauft und wollten dort ihren Ruhestand verbringen. Aber so einfach die Praxis aufgeben, ohne einen würdigen Nachfolger gefunden zu haben, das kam ihnen nicht in den Sinn. Seit gut zwei Jahren suchten sie bereits einen, aber keiner schien bereit zu sein, den Luxus der Stadt einzutauschen.

Auch das war merkwürdig. Ihre Praxis lag in einem Vorort unserer Stadt, keine fünf Kilometer entfernt. Man konnte also notfalls zu Fuß hinlaufen …

Natürlich interessierte mich nun brennend, weshalb ich der Richtige sein sollte. Ich erwähnte auch den Stationsarzt und erklärte meine Verwunderung, ob sie jedem dahergelaufenen Arzt ihre Praxis anbieten würden.

Doch weit gefehlt. Klar hatte ihre Patientin geschwärmt, aber das allein reichte ihnen sicher nicht, zumal ältere Frauen sich schnell einmal in ihren Doktor verlieben. Sie hatten Erkundigungen eingezogen und ich staunte, wie gründlich sie dabei vorgegangen waren.

Während ich keine Ahnung hatte, wussten sie im Gegenzug viel über mich. Zumindest die wichtigen Dinge …

Später verabschiedeten wir uns voneinander. Ich sagte ihnen, dass ich erst einmal über die neue Möglichkeit nachdenken wollte, was sie lächeln ließ. Hätte ich sofort `Ja´ gesagt, wäre ich definitiv der Falsche gewesen. Auch daran ließen sie nicht den geringsten Zweifel …

Die nächsten Stunden verbrachte ich grübelnd. Wäre überhaupt eine Praxis auf dem Lande für uns beide geeignet? Was würde Jerry davon halten? Kämen wir damit klar, von nun an nur noch `Rücken´ und `Schnupfen´ zu behandeln? Hätten wir genügend Patienten, um unsere laufenden und die neuen Kredite zu bezahlen?

Am Abend lud ich Jerry zu unserem Lieblingsitaliener am Ende der Straße ein. Wir setzten uns auf die Terrasse und ich bemerkte nebenbei für mich, dass so etwas dann auch flachfallen würde …

Ich berichtete ihr von dem Gespräch und hatte ihre Argumente, was alles dagegensprechen würde, bereits im Kopf. Aber meine Frau überraschte mich. Es gab überhaupt keine Gegenwehr, ganz im Gegenteil.

Sie wollte einen Garten und später einen Pool. Einen Hund und einige Katzen sofort, eine Bibliothek im Haus und einen schönen Kamin im Wohnzimmer. Am besten wäre es, wir würden gleich noch eine Einliegerwohnung mit einbauen, dann könnten die Eltern da schlafen, wenn sie unsere Kinder hüten.

Als wir langsam nach Hause schlenderten, richtete sie bereits die Zimmer ein. Hatte ich erwähnt, dass sie eine große Wohnküche wollte mit Zugang zur riesigen Terrasse? Die natürlich überdacht war. Wenn man ihr so zuhörte, war die Sache bereits entschieden. Eigentlich wohnten wir schon dort …

„Willst du denn überhaupt nicht wissen, was ich davon halte?", fragte ich sie schließlich.

„Du bist dafür, sonst hättest du mir gar nichts von der Praxis auf dem Land erzählt. Und ich bin dabei, mein Schatz."

Es gibt also nicht nur die väterliche `Logik´, sondern auch die meiner Frau …

Am nächsten Tag hielt ich nicht nur meine Bewerbung zurück, sondern ich fuhr zu unserer vielleicht zukünftigen Praxis.

Jerry hatte mich ganz verrückt gemacht, den ganzen Abend und die halbe Nacht richtete sie Räume ein, pflanzte Blumen und Bäume. Und sie nannte Namen, wollte, dass Fred, Marie, Paulchen und Sternchen Spaß haben.

Erst glaubte ich, sie meint unsere zukünftigen Kinder und dass ich bei der Namensgebung unbedingt dranbleiben müsste, aber es waren nur Hunde und Katzen, die sie so titulierte.

Ich döste langsam bei ihren Schilderungen ein und hörte im Halbschlaf etwas von Klettergerüst, Rutsche und Sandkasten. Jetzt übertrieb sie wirklich. Ich hatte noch nie einen Hund oder eine Katze gesehen, die daran Spaß hatten …

Nach dem nächsten Nachtdienst fuhr ich mit dem Fahrrad in den Ort. Es war ja nicht weit und ich wollte nicht erst nach Hause und das Auto holen.

Ein Stück musste ich auf der viel befahrenen Fernverkehrsstraße radeln, anschließend kam ein Berg und die Straße wand sich in Serpentinen nach oben.

Die perfekte Trainingsstrecke, stellte ich fest, als ich oben angekommen war und einen Blick nach unten warf. Vielleicht bis auf die Tatsache, dass es lebensgefährlich war, denn die Autos streiften fast meinen Allerwertesten und ich war ganz schön aus der Puste.

Aber der Blick war fantastisch. Dabei entdeckte ich auch den breiten Fahrradweg, der sich zwischen der Wiese und dem Feld entlang schlängelte. Das mit der Lebensgefahr oder der Sorge um meinen Hintern hatte sich also auch erledigt.

Ich sah mich erneut um. Man konnte kilometerweit schauen und die große Stadt wirkte nun eher wie ein Vorort des Dorfes, nicht wie das eigentliche Oberzentrum.

Der Gedanke gefiel mir und ich musste lachen. Ich sah mich gerade mit meinem Vater über diesen Punkt diskutieren …

Die Praxis lag direkt am Kindergarten und hatte das Flair der frühen 70er-Jahre. Es war ein Schock für mich. Einfach alles.

Ich kam aus einem sehr modernen Krankenhaus, welches sich ständig erneuerte. Nicht nur wegen der Patienten und der neuen Behandlungsmöglichkeiten, sondern wahrscheinlich auch wegen der Kassen, da man so bestimmt höhere Beiträge abrechnen konnte. Das hier war gefühlt das genaue Gegenteil.

Ich stand zwar nur im Wartezimmer, aber hier war nichts neu oder modern. Bis auf ein paar alte, vom vielen Benutzen durchgebeulte Stühle war es auch leer, was einen nächsten negativen Punkt bedeutete. Es war vormittags und die normalen Hausarzt-Praxen konnten die Massen an Patienten kaum bewältigen, aber hier war nicht ein einziger.

Dazu kam noch die Lärmkulisse. Ich wusste bis jetzt nicht, wie viel Krach Kinder machen können, die ausgelassen draußen toben.

Nein, das hier war definitiv nichts für uns. Es war zu alt, zu laut und vor allen Dingen viel zu leer. So hatte ich mir mein weiteres Berufsleben bestimmt nicht vorgestellt …

Außerdem schloss sich für mich jetzt ein Kreis. Es war kein Wunder, dass die beiden bei den Gegebenheiten nirgends einen Nachfolger für ihre Praxis fanden und nach jedem Strohhalm griffen. Oder nach jedem Arzt, der ihnen vor die Füße lief.

Von wegen, erkundigt, geprüft und für gut befunden, ich war einfach nur am falschen Ort zur falschen Zeit. Da nützten auch die Förderungen nichts, die Ärzte dazu bewegen sollten, den ländlichen Raum zu betreuen. Das hier war mir entschieden zu ländlich und so viel Geld konnte es gar nicht geben …

Ich ärgerte mich bereits, dass ich Jerry davon unterrichtet hatte. Sie hörte seitdem nicht mehr auf zu planen, als Letztes sprach sie von einem Kräutergarten vor dem Haus. Und ich war froh, dass mein Vater nicht auch schon etwas wusste.

Aber ich wollte mich nicht einfach so von dannen schleichen, also ging ich weiter. Alle Räume waren verschlossen, aber es gab noch eine Tür nach hinten raus. Vielleicht saßen sie ja da …

Nein, saßen sie nicht, aber unmittelbar nebenan mussten Hunderte von Kindern sein, zumindest der Geräuschkulisse nach zu urteilen. Doch viel mehr als vierzig spielten dort gar nicht.

War ich früher etwa auch so laut? Nein, sicher nicht, ich war ein artiges, ruhiges und nettes kleines Bürschchen.

Eine der Erzieherinnen hatte mich gesehen und kam nun direkt auf mich zu.

„Suchen Sie jemand?“, fragte sie freundlich. „Sind Sie etwa der Herr Doktor Onkel?“

Wow, es hatte sich also schon herumgesprochen, dass ein Doofer aus der Stadt das hier übernehmen will. Meine Laune besserte sich dadurch keineswegs, eher war das Gegenteil der Fall.

„Da sind Sie aber vollkommen falsch. Das hier ist die alte Praxis, die neue finden Sie direkt bei den Herrmanns am Haus.“

Okay, die Herrmanns waren das Paar, die mich angesprochen hatten. Und das hier war gar keine Praxis mehr, was noch viel, viel besser war. Ich lächelte.

Plötzlich sah ich, dass einige Kinder zu ihr gelaufen kamen.

„Sagt alle schön `Guten Tag´ zu dem Herrn“, forderte sie die Kinder auf. „Vielleicht wird das unser neuer Arzt. Er heißt übrigens Herr Doktor Onkel.“

„Du Tante, das war falsch. Das heißt doch Onkel Doktor.“

„Wohnst du hier?“

„Hast du Kinder?“

„Willst du ein Meerschweinchen von mir? Ich habe nämlich gerade Junge bekommen.“

„Warum ist der Mann so rot im Gesicht?“

„Das ist kein Doktor, der hat gar keine weiße Kittelschürze an.“

„Bei einem Arzt ist es keine Schürze“, verbesserte die Erzieherin. „Man sagt einfach nur Kittel dazu.“

„Willst du mal meinen Fuß sehen? Der ist schon gar nicht mehr lilig."

„Du meinst lila, Karlchen." Die Erzieherin lächelte.

„Willst du nun ein Meerschweinchen? Die kannst du in den Handwagen stecken und durch'n Dorf spazieren."

„Spazieren fahren", erklärte sie. „Und es heißt: durch das Dorf. Außerdem sollst du deine Meerschweinchen nicht immer herumfahren."

„Bist du ein böser Doktor? Gibst du uns eine Spritze?"

„Meine Mutti hat gesagt, sie will sich den Neuen erst einmal genau angucken. Ob der überhaupt etwas taugen tut."

„Das hat meine Mutti auch gesagt."

„Meine auch."

„Die aus der Stadt sind nämlich alle doof, die haben ihre Nase so da oben sitzen."

„Sie tragen ihre Nase hoch." Die Erzieherin lachte. „Nun ist es aber gut, ihr verschreckt ja unseren neuen Arzt."

Sie lächelte die Kinder an und drehte sich anschließend wieder zu mir.

„Sie müssen entschuldigen, aber die Kleinen sind noch ein wenig vorlaut. Wissen Sie, wo die Herrmanns wohnen? Sollen wir Sie begleiten?“

„Nein, es reicht, wenn Sie mir sagen, wie ich gehen oder mit dem Fahrrad fahren kann“, antwortete ich ziemlich schnell. Ich wollte lieber allein die Strecke zurücklegen, statt unzählige Fragen zu beantworten …

Als ich den Weg wusste und zügig durch den Park eilte, dachte ich mir meinen Teil über das eben Erlebte. Schließlich weiß jeder, Kindermund tut Wahrheit kund.

Aha, so so. Städter sind also alle doof? Na, das kann ja heiter werden …

„Du willst was? Erika!“, brüllte mein Vater lang gezogen und sehr laut. Meine Mutter kam aus der Küche geeilt, in der Hand eine Schüssel.

Ich wusste genau, was jetzt kam, der typische Running-Gag der Familie Onkel.

„Bist du dir sicher, dass das unser Sohn ist?“

„Was hat er angestellt?“, wollte meine Mutter wissen, statt eine Antwort zu geben.

„Er will aufs Land.“

„Gut."

„Wie gut? Er will seinen Posten als Stationsarzt aufgeben und eine Landarztpraxis übernehmen."

Ich hatte noch nicht einmal die Bewerbung für diese Stelle eingereicht, aber für meinen Vater war es gerade so, als hätte ich den Job schon seit Jahren.

„Was soll daran schlecht sein?", fragte meine Mutter und rührte in der Schüssel.

„Warum noch mal habe ich dich geheiratet?"

„Wegen meiner Intelligenz."

„Und warum hat dann unser Sohn nichts davon abbekommen?"

„Er hat deine gekriegt."

Mutter stand lächelnd zwischen Wohnzimmer und Küche und rührte weiter.

„Backst du einen Kuchen?", wollte ich von ihr wissen. Der Blick, der mich traf, verriet bereits alles.

„Nein, ich baue einen Schrank zusammen", höhnte sie in meine Richtung.

„Wie du siehst, ist das eindeutig dein Sohn", wandte sie sich an Vater und ging wieder in ihre Küche.

„Junge, das kannst du nicht machen. Wenn die Leute dich nicht leiden können, sind die jeden Tag mit einem anderen Wehwehchen vor Ort, nur um dich zu ärgern."

„Sie könnten mich doch auch mögen, oder?"

„Dann kommen sie erst recht jeden Tag."

Ich fragte mich, wo mein Vater diese Erfahrungen gesammelt hatte. Mir war nicht bekannt, dass wir oder ein anderer aus der Familie schon je auf dem Land gelebt hatten.

„Du übertreibst. Das sind gerade mal fünf Kilometer bis zur Stadt. Der Ort liegt auf einem Berg, du hast eine wunderschöne Aussicht und das hier unten wirkt von dort mehr wie ein kleiner Vorort."

Kaum hatte ich es ausgesprochen, ärgerte ich mich bereits. Wie konnte ich sein Heiligtum, seine überaus heroische, goldene und unübertreffliche Stadt beleidigen?

„Erika! Wir verklagen das Krankenhaus. Die haben unseren neugeborenen Sohn vertauscht und uns stattdessen einen Dummkopf untergejubelt. Erika!"

Hühner

Seit ich denken kann, zogen sich meine Eltern gegenseitig auf. Sie meinten, das hält die Beziehung frisch. Fremde Leute, die das zufällig hörten und diese Philosophie nicht kannten, waren oftmals geschockt. Doch selbst die bekamen schon wenig später ein Lächeln ins Gesicht.

Nach ihrem Studium waren sie sofort von der Leitung des hiesigen Labors engagiert worden, damals noch nicht so bekannt und berühmt wie heute, doch auch das war der Verdienst meiner Eltern. Und die Geschäftsführung wusste, was für ein Potenzial in den beiden steckte.

Zu Beginn arbeiteten sie in einem Labor zusammen, doch das war wenig effektiv.

Nicht vonseiten meiner Eltern, die entwickelten und schafften sowieso mehr als andere. Ihre Mitarbeiter waren das Problem.

Oft saßen oder lagen die nämlich im Labor verteilt, mit Tränen im Gesicht und sich den Bauch vor Lachen oder Schmerzen haltend, je nachdem, auf welcher Seite sie standen. Oder wem der Bauch gehörte …

Also reagierte die Geschäftsführung. Da das alte Gebäude sowieso aus allen Nähten platzte, wurde ein Neubau konzipiert. Neben all den anderen Laboren, Räumen und Lagern entstanden für meine Eltern zwei lange, voneinander getrennte Flügel, die mehrere Übergänge hatten. Genau in der Mitte befanden sich der gemeinsame Aufenthaltsraum, ein Sanitärtrakt und die Küche.

Leider wurde diese Planung ohne die Mitarbeiter vorgenommen. Jetzt, in zwei Teams aufgeteilt, entwickelte sich zwischen beiden eine Konkurrenz. Auch wenn diese nur künstlich geschürt wurde, um wenigstens in den Pausen noch den Spaß von früher zu haben.

In der Küche zogen sie unter anderem genau in der Mitte einen Strich. Rechts davon war ab jetzt der Bereich für meinen Vater, links der für meine Mutter und ihre Leute. Und nun gab es richtigen Streit.

Vaters Team hatte den Kühlschrank auf seiner Seite, Mutter dagegen die Kaffeemaschine. Die Geschäftsleitung war verzweifelt.

Früher konnten die Leute vor Lachen nicht arbeiten, jetzt, weil sie ihr Gebiet verteidigen mussten.

Kurzerhand wurde erneut umgebaut. Es kam eine identische Küche auf die gegenüberliegende Seite und ein weiterer Übergang wurde geschaffen, in dem sich nun die Umkleide und der Sanitärtrakt befanden. Doppelt natürlich …

Ansonsten übertrafen meine Eltern die Vorstellungen oder vielleicht eher die Träume der Leitung um Längen. Sie entwickelten gemeinsam neue Medikamente oder arbeiteten an verschiedenen Projekten. Die jetzige Konstellation war so produktiv, dass sie alles bekamen, was sie sich wünschten, und die komplette Narrenfreiheit besaßen.

Meine Eltern nutzten das nie aus. Für sie stand immer die Arbeit, also das Wohl des Menschen im Vordergrund. Lediglich eine Bitte hatten sie, die auch sofort erfüllt wurde.

Ich kannte das Labor, seit ich laufen konnte. Vielleicht, nein sicher, war ich auch schon vorher dort, aber da fehlen mir die Erinnerungen …

Ich hatte einen Ausweis, einen Kittel und sogar eine Schutzbrille. Auf meinem Labortisch, der mit der Zeit immer höher gekurbelt werden musste, durfte ich experimentieren und Analysen vornehmen. Eigentlich hatte ich sogar zwei Tische, einen in Vaters und natürlich auch einen in Mutters Flügel …

Einmal, mein Vater war in freudiger und ausgelassener Stimmung, weil ihnen schon wieder ein Durchbruch gelungen war, führte er mich durch den ganzen Trakt. Am Ende der beiden Flügel war ein großer Bereich, aus dem einmal ein Labor werden könnte. Man brauchte es eigentlich nur noch einzurichten.

„Und da, mein Sohn, wirst du später einmal arbeiten", verkündete er stolz und mit einem Lächeln zu mir.

Das war die Bitte, die meine Eltern damals an die Geschäftsführung hatten. Ihre Einzige.

Und ich wurde Arzt …

Bei jedem unserer weiteren Besuche versuchte mein Vater vehement, uns den Gedanken auszutreiben. Für ihn war es einfach unvorstellbar, dass sein Sohn nicht nur Arzt geworden war, sondern nun auch noch ein Landei werden wollte.

Jerry und ich dagegen schwärmten von dem Haus, der Praxis und dem Grundstück. Sicher, einiges musste noch unseren Verhältnissen angepasst werden, aber die Bauarbeiten liefen bereits. Und der Kamin stand auch schon, der Pool sollte sowieso erst später gebaut werden.

Die Praxis bekam gerade ein drittes Behandlungszimmer und das Haus eine Bibliothek. Aus dem Anbau, wo der Vorbesitzer seine riesige Modellbahn und eine Werkstatt hatte, wurde ein Gästehaus für unsere Eltern geschaffen.

Jerry und meine Mutter waren in die Küche gegangen, um gemeinsam einen Kuchen zu backen. Vater und ich schauten den beiden skeptisch hinterher.

„Kann sie wenigstens backen?", fragte er. Doch ich zuckte nur mit den Schultern, denn ich hatte keine Ahnung. Bis jetzt zumindest gab es bei uns keinen Kuchen. Aber ich hoffte inständig, dass wenigstens Jerry Teig rühren und nicht nur erschlagen konnte …

„Wir wollen uns auch Hühner zulegen", wandte ich mich nach einer Weile meinem Vater zu.

„Warum?" Sein Gesicht war eine einzige Frage. „Ihr lebt auf dem Land, da bringen euch eure Patienten die doch sowieso immer mit."

„Was? Die bringen uns Hühner?"

„Erika!"

Beide Frauen kamen aus der Küche gelaufen, jede mit einer Schüssel vor dem Bauch. Beide trugen identische Schürzen, die schon dreißig Jahre alt sein mussten und für entschieden stämmigere Frauen angefertigt waren. Außerdem hatten sie ihre Haare unter Kopftüchern versteckt. Eigentlich fehlten jetzt nur noch die Gummistiefel …

„Was hat er angestellt?" Mutter wusste sofort Bescheid, während Jerry fragend schaute.

„Dein Mann hat etwas Falsches gesagt“, erklärte sie ihr, „zumindest in den Augen meines Mannes. Aber das muss nichts bedeuten, Männergehirne sind manchmal schlecht strukturiert. Also, was nun?“, wandte sie sich wieder an meinen Vater.

Doch der war erst einmal irritiert. Nach einem kurzen Moment, in dem er sogar kräftig schlucken musste, hatte er sich wieder gefangen.

„Mein Gehirn funktioniert einwandfrei. Sonst wäre mir bestimmt nicht aufgefallen, dass das nie und nimmer unser Sohn sein kann. Dein Gehirn ist defekt, da du ja immer noch nicht an die Theorie der vertauschten Kinder glaubst.“

„Es ist genauso, wie du sagst“, antwortete meine Mutter, währenddessen immer weiter in ihrer Schüssel rührend. „Es ist nur eine Theorie. Deine übrigens und damit hinfällig, weil falsch. Was will er?“

Mutter ignorierte vollkommen, dass ich vor ihr saß.

„Er möchte Hühner.“

„Gut, wir brauchen schließlich eine Menge Eier für unsere leckeren Kuchenkreationen.“

Damit gingen beide Frauen wieder zurück in die Küche. Der Kuchen wurde sicher auch nichts, der Teig hatte einfach keine Chance, bei dem kräftigen Geschlage wenigstens etwas zu überleben …

„Die bringen uns Hühner?", nahm ich den Faden von vorhin wieder auf. Das änderte alles. Wir wollten nur einen Stall für fünf oder sechs bauen, jetzt müssten wir wohl größer planen.

„Nein." Mein Vater schüttelte verzweifelt den Kopf. „Die bringen euch Eier. Alle. Und immer und bei jedem Besuch. Ihr werdet sie mit Sicherheit hassen. Und ich dann bestimmt auch …"

„Wir nehmen zwei Packungen die Woche", hörten wir Mutter aus der Küche ihre Bestellung aufgeben. „Oder nein, gib uns lieber drei …"

Der Unfall

Der Umbau der Praxis und auch unseres Wohnhauses ging voran. Alle Formalitäten für die Übernahme waren erledigt und wir freuten uns riesig, bald in unsere eigenen Räume ziehen zu können.

Ungeachtet dessen arbeiteten wir immer noch regulär im Krankenhaus, auch wenn wir bereits unsere Kündigungen eingereicht hatten. Die Klinikleitung selbst konnte zwar den Schritt verstehen, bedauerte aber glaubhaft und ehrlich, dass wir sie verlassen wollten. Nichtsdestotrotz bekamen wir ab jetzt immer die langen Dienste inklusive der Bereitschaft. Wir würden Urlaub benötigen, einen sehr langen, wenn wir hier die letzten Stunden abgeleistet hatten …

Ungefähr einen Monat, bevor wir dort unsere Segel endgültig streichen würden, rief man mich in die Notfallambulanz. Vier Männer waren ziemlich stark aneinandergeraten und es sollte dabei um ein Schild gegangen sein, welches irgendwo aufgehängt werden musste. Ich schaute recht skeptisch.

„War das Schild denn so groß?“, wollte ich von ihnen wissen. Kräftig nickend bestätigten sie das.

Ich schaute wohl immer noch skeptisch, denn plötzlich drucksten sie herum und gaben zu, dass es nur einen Meter lang sei. Außerdem war nur einer von denen der Ausführende, die anderen drei waren die Auftraggeber, die sich nicht über die richtige Stelle zum Aufhängen einigen konnten. Deshalb kam es untereinander zu einem handfesten Krach. Der Mitarbeiter der Werbefirma war unschuldig und nur irgendwie zwischen die Fronten geraten.

Ich wollte nicht weiter darüber nachdenken, zumal das sowieso wie ein Fall für die Chirurgie aussah. Zumindest bei den vielen Verbänden, die sie sich selbst an Armen, Beinen und Köpfen angelegt hatten.

Da die Chirurgie unterbesetzt war, zu viele Patienten bereits in der Warteschlange hingen und ich doch schon so oft dort gearbeitet hätte, somit praktisch eine zweite Qualifikation besäße und die Unfälle nicht so spektakulär sein könnten … Blablabla.

Ich hatte jetzt vier Männer an der Backe, die sich obendrein auch noch gegenseitig den schwarzen Peter zuschoben. Nur einer von ihnen schaute mich flehentlich an.

„Also los, mitkommen“, befahl ich, da bei mir auf Station nichts Besonderes los war und man mich auch rufen könnte, sollte sich das ändern.

Eine Schwester half mir, die Verbände zu lösen. Es gab zahlreiche Schnittwunden, viele blaue Flecken, zwei gebrochene Arme und sechs angeknackste Rippen, ein verrenktes Handgelenk, drei aufgeschlagene Kniescheiben, einen gebrochenen Zeh und mehrere Platzwunden an Köpfen und Handknöcheln.

Es sah für mich danach aus, als wollten sie das Schild an die Wand prügeln. Außerdem war da noch ein Hexenschuss bei dem flehentlich dreinblickenden Mann. Na ja, und einige Zähne fehlten auch, aber das war nun wirklich nicht meine Baustelle …

Das sollte alles vom Aufhängen eines Schildes kommen?

Ich ließ mir jetzt doch den ganzen Hergang genau schildern, denn die vielen Befunde würde mir keine Berufsgenossenschaft ohne stichhaltige Begründungen abnehmen.

Am Ende war der Grund für die Auseinandersetzung eine Meinungsverschiedenheit. Der Mann, der Ahnung vom Anbringen kleiner und großer Schilder hatte, wurde ignoriert, denn die drei Auftraggeber wussten es einfach besser. Jeder wollte den anderen zeigen, wie es gemacht wird und beharrte dabei auf sein Recht.

So oder so ähnlich musste es passiert sein. Mein Vater würde jedenfalls ganz fantastisch zu den Besserwissern passen …

Wir desinfizierten ihre Wunden, verbanden sie oder gipsten die Brüche ein und schickten sie nach Hause, ohne ein großes Brimborium darum zu machen. Die vier hatten genug Probleme und einer von ihnen sicher ganz große mit seinem Chef. Dessen Bandscheibenvorfall schaute ich mir jedoch näher an.

Nach ein paar gezielten Handgriffen erhellte sich sein Gesicht, er konnte sich endlich wieder frei und ohne Schmerzen bewegen. Was ihn aber vor meiner Behandlung nicht davon abgehalten hatte mitzumischen …

Der Mann kam ursprünglich aus Ungarn. Vor einigen Jahren war seine heutige Verlobte mit ihrer Freundin am Balaton im Urlaub gewesen. Josef und sie verliebten sich und entgegen aller Traditionen zog er nach zwei Jahren seiner ständigen Besuche nach Deutschland.

Auch wenn Ungarn das schönste Land auf der Welt sei, was er mir mehrmals versicherte, wirtschaftlich gesehen gehörte es jedoch nicht dazu. Es war schwer, dort eine Familie zu versorgen, zumal seine zukünftige Frau auch entsprechende Ansprüche stellte. Sie war immerhin die Tochter des Chefs.

Er versicherte mir ständig, wie dankbar er mir wäre, und falls ich mal etwas bräuchte, was mit Werbung zu tun hätte, sollte ich mich einfach melden.

Nein, bestimmt nicht, dachte ich mir schmunzelnd, auch wenn wir natürlich etliche Dinge benötigten. Auf der anderen Seite war ich mir sicher, dass Jerry und ich als Auftraggeber bestimmt nicht so verschiedene Meinungen hätten, die zu Handgreiflichkeiten führten.

Oder vielleicht doch? Na ja, wir müssten zumindest unsere Praxis schon geöffnet haben, falls es doch zu \`Behandlungen' käme …

Kurze Zeit später wurde ich wieder auf die Notfallstation gerufen und unkte schon zu der Nachtschwester, dass ich dort wohl heute meine ganze Schicht ableisten würde. Aber so kam es nicht.

Ein großer, stämmiger Mann mittleren Alters wartete auf mich und stellte sich als der Chef der `Bandscheibe´ vor.

Wir gingen nach draußen und er bedankte sich ganz herzlich für die schnelle Hilfe. Ich entgegnete, das sei unser Job und daher selbstverständlich. Die Umstände, wie es zu Verletzungen kommt, sind für uns nicht wichtig, manchmal aber amüsant, so wie in diesem Fall.

Er verdrehte die Augen und murmelte etwas von Kindergarten und dass es eigentlich nur um Josef, den mit der Bandscheibe, ging.

Dass der sich nun endlich wieder richtig bewegen konnte. Denn das wäre sein zukünftiger Schwiegersohn und eigentlich gäbe es nie Probleme mit Auftraggebern und deren unterschiedlichen Ansichten. Außer vielleicht heute …

Aber auch er wiederholte das Angebot, wenn ich mal etwas brauchen würde, und sei es nur ein lustiges T-Shirt oder eine bedruckte Tasse.

Mir war aufgefallen, dass er sich bei unserem Gespräch immer die Arme und Hände rieb, ab und an sogar kratzte.

Er erzählte mir, dass er heute schon mit Brennnesseln zu kämpfen gehabt hatte und dass es immer noch wie verrückt kribbeln würde. Er hatte sogar das Gefühl, einige Bereiche seien mittlerweile taub und geschwollen. Er könnte heute Nacht sicher kein Auge zubekommen.

Wir gingen in mein Behandlungszimmer, ich schaute mir seine Arme und Hände genauer an und fragte ihn, ob er Allergien hätte.

Da er das verneinte, verschrieb ich ihm Tabletten gegen den Juckreiz und empfahl ihm, Bierhefe in ein wenig Wasser aufzulösen. Besser wäre es noch, dafür etwas Honig zu nehmen und den Brei überall auf den juckenden Flächen zu verteilen.

Zwei Tage später kam er wieder vorbei und bedankte sich für den Tipp. Schon wenige Minuten nach dem Auftragen hätte er eine Besserung gespürt, sodass er die Tabletten gar nicht mehr benötigte.

Der Mann hatte mich zuvor eine Zeit lang im Krankenhaus gesucht und erfuhr dabei, dass ich in Kürze eine eigene Praxis eröffnen würde.

Er beglückwünschte mich zu diesem Schritt und wiederholte sein Angebot, nur mit der Einschränkung, dass ich wohl weniger eine lustige Tasse benötigen würde, sondern eher elementare Dinge, zum Beispiel Schilder.

Ich lehnte erneut ab. Diesmal nicht wegen seiner Leute, sondern weil ich ein ungutes Gefühl verspürte. Solchen Handel treibt man einfach nicht.

Auf der anderen Seite benötigten wir dringend Unterstützung, von Werbung hatten wir beide schlichtweg überhaupt keine Ahnung.

Also lenkte ich kurzerhand ein und erklärte, wenn er mir für meinen Auftrag eine Rechnung stellen würde, wäre ich dabei.

Wir gaben uns die Hand und er versprach, mir einen Mitarbeiter zu schicken …

Unser neues Domizil

Die Umbauarbeiten waren in vollem Gang und neben unserem regulären Dienst im Krankenhaus schauten wir regelmäßig dort vorbei. Unsere Eltern hatten das Objekt ebenfalls gesehen und da blöde Sprüche ausblieben, schien es ihnen wohl zu gefallen. Zumindest der Gedanke an die Wohnung im Anbau, die wir für sie vorgesehen hatten …

Dumm war allerdings, dass wir aufgrund unseres permanenten Zeitmangels `einen Abwasch gemacht´ und alle gleichzeitig zu uns in das neue Domizil eingeladen hatten.

Natürlich äußerte jedes Paar seine Wünsche für die Einliegerwohnung und die konnten gegensätzlicher nicht sein.

„Ein Kamin sollte unbedingt rein.“

„Nein, der macht nur Dreck und Staub.“

„Wenn dann einen mit Gas, da hast du Feuer, aber keinen Dreck."

„Das ist kein richtiger Kamin."

„Wir brauchen zwei Backöfen."

„Du willst hier aber nicht Kuchen backen, oder?"

„Das habe ich mir auch schon immer gewünscht."

„Wir brauchen ein Spielzimmer, damit der Junge mit Lego spielen kann."

„Nein, der wird Modelleisenbahner."

„Wir bekommen Enkelinnen, also rosa und Puppen."

„Und richtige Gardinen. Nicht so einen neumodischen Quatsch vor den Fenstern."

„Hast du dich um schnelles Internet gekümmert? Sind die hier überhaupt schon angeschlossen?"

„Wo parkst du den Rasentraktor?"

„Was soll er denn damit? Es gibt doch Roboter."

„Das Schlafzimmer muss nach Osten gehen, damit man von der Sonne geweckt wird."

„Bist du irre? Wir sind dann Großeltern und können ausschlafen. Nach Westen."

„Wir bekommen bestimmt nur eine Ledercouch rein wegen der Tiere."

„Dein Vater benötigt aber seinen Ottomanen."

„Ich will kein Leder."

Wir verdrehten zwischenzeitlich die Augen und schüttelten nur noch den Kopf.

„Was hältst du eigentlich von einem Au-pair-Mädchen?", fragte mich plötzlich Jerry. „Das könnte auf die Kinder aufpassen und gleichzeitig unsere Sprache lernen. Vielleicht will sie später sogar einmal selbst Medizin studieren, da wäre das hier der Sechser im Lotto."

Ich grinste sie an. Von einem Kind waren wir noch meilenweit entfernt, erst recht von mehreren. Aber die Mundwinkel unserer Eltern gingen augenblicklich und sehr abrupt nach unten. Der Gedanke an Konkurrenz, und dann noch an eine vollkommen fremde Person, war mehr als nur eine ernste Bedrohung für sie.

„Vielleicht sollten wir euch die Gestaltung der Wohnung überlassen", lenkte auch schon Jerrys Mutter ein.

„Das sehe ich auch so. Es sollte ja zum ganzen Haus passen“, stimmte meine Mutter zu.

„Unsere Tochter hat ein Händchen dafür.“

„Gott sei Dank. Unser Sohn nämlich nicht.“

Das war mein Vater, der wie immer das letzte Wort haben musste …

Auf der Baustelle ging es gut voran, außer in der Einliegerwohnung, aber die war wirklich noch zweitrangig.

Vorher gab es dort nur einen einzigen großen Raum, in dem der Vorbesitzer gelegentlich mit seiner Modelleisenbahn gespielt oder in der Werkstatt Sachen in Ordnung gebracht oder kaputt gemacht hatte. Wir ließen das Gebäude um drei Meter verlängern, damit Platz für die anderen Zimmer war.

Die Firma, die den Umbau bewerkstelligte, hatte angebaut und bereits alle Anschlüsse für das Bad und die Küche gelegt, die ja neu dazukamen. Nun musste nur noch der Innenausbau gemacht werden, denn bis jetzt war es ein einzelner Raum, nicht anders als vorher, nur eben um etliches größer.

Doch die Firma machte drei Wochen Urlaub. Für uns war das voll okay, schließlich war diese Wohnung noch nebensächlich.

Die Praxis hingegen war fast bezugsfertig, genau wie unsere Wohnung in dem großen Haus. Mit unseren Freunden zusammen wollten wir das ganze Wochenende dort die Decken und Wände malern oder tapezieren.

Am Samstag kam auch die `Bandscheibe´, um unsere Wünsche und Vorstellungen zu notieren. In der Woche hatten wir einfach keine Zeit und freuten uns, dass Josef auch am Wochenende arbeiten würde.

Ich war ganz schön im Stress und sah entsprechend aus, als Josef erschien. Man konnte glauben, ich hätte versucht, mich zu tapezieren, weil scheinbar der ganze Leim an mir und meiner Kleidung haftete. Dabei war es nur eine einzige Bahn, die sich widerspenstig verhielt und nicht so wollte wie ich.

Jerry malerte mit den Jungs die Wände. Sie hatte volles Vertrauen zu mir, so schwer könnte es ja auch nicht sein, unsere Namen auf ein Schild zu bringen …

Josef und ich saßen vor der Praxis und besprachen die Details. Der Bürgermeister, der gerade mit seinem Hund lief und in den Park wollte, gesellte sich kurz zu uns. Er meinte, ich solle doch auch Wegweiser mit unseren Namen anbringen, im ganzen Dorf und an den Zufahrtsstraßen. Ich war erstaunt. Brauchte ich dazu nicht eine Genehmigung?

„Erteilt“, sagte er nur lachend. „Gib mir das aber noch mal als E-Mail rüber, nur für die Akten.“ Damit war das Thema für ihn erledigt und er machte sich auf zur Hunderunde.

Ich hatte schon vorher bemerkt, dass sich scheinbar alle Einwohner hier duzten. Im Laufe der letzten Wochen gehörten wir wohl dazu, denn aus dem anfänglichen `Sie´ war mittlerweile das persönliche oder eben hier normale `du´ geworden ...

Josef erzählte mir, dass er in Ungarn den gleichen Job hatte, aber hier war vieles anders. Außerdem gab es da noch immer die sprachliche Hürde.

„Mein Bausatz ist nicht richtig meistens“, sagte er und ich stutzte. Aber nur kurz, dann musste ich schmunzeln. Er meinte seinen

Satzbau, und der war wirklich meistens nicht richtig. Eigentlich nie …

Aber auch dieses Problem hatten sie firmenintern gelöst. Die Ausführung der Arbeit, also den Schriftsatz, übernahm ein Mitarbeiter, der richtig formulieren und schreiben konnte.

Trotzdem gab mir Josef seinen Block in die Hand und ich notierte unsere Angaben.

Ich hatte dabei immer unsere Schildchen am Kittel vor Augen, die sich ja hundertfach bei den Ärzten und Patienten im Krankenhaus bewährt hatten. Außerdem war ich gehörig im Stress und brauchte das Rad nicht neu zu erfinden. Also schrieb ich auf: Gemeinschaftspraxis, Jerry Thier-Onkel, Dr. und in die nächste Zeile Tom Onkel, Dr.

Selbst an die Wegweiser dachten wir und Josef meinte, dass sie die Daten auch online stellen würden. So könnte jeder auf seinem Handy sehen, wann die Praxis geöffnet hatte. Das fand ich ebenfalls sehr gut …

Am Ende gab es wieder etwas zu lachen, denn Josef bemerkte, wie sich in unserem Garten gerade ein kleiner Berg erhob.

„Ein Mauwolf.“ Er zeigte auf den Hügel.

„Maulwurf“, verbesserte ich ihn grinsend, „Wurf, nicht Wolf.“

„Mauwulf?“, fragte er skeptisch.

„Wurf.“

„Mauwurlf?“ Irgendwie verknotete sich Josefs Zunge bei diesem Wort.

„Nein, nicht Wulf, sondern Wurf, Mauwurf“, antwortete ich und betonte besonders den letzten Teil des Wortes, schließlich sagte Josef ihn ständig verkehrt. Ich merkte sofort, irgendetwas war komisch. Oder falsch.

Josefs eigenartige Wiederholungen und meine dilettantischen Versuche, ihm Deutsch beizubringen, sorgten nun dafür, dass ich selbst nicht mehr wusste, wie das Tier richtig hieß. Je öfter ich es wiederholte, umso falscher klang es in meinen Ohren.

Am Ende kam ich ins Grübeln, was mein Gehirn betraf. Josef schien etwas Ähnliches zu denken …

Die Havarie

Am Sonntagabend verließen wir zwar müde und kaputt unser Haus, aber auch mit dem Wissen, dass wir schon am nächsten Wochenende dort schlafen könnten.

Die Woche über würden wir unsere Sachen in Kartons verpacken und die Möbel abbauen. Die Umzugsfirma käme am Samstag, und am Montag übernahm bereits der Nachmieter unsere alte Wohnung.

Die brauchten wir lediglich besenrein zu übergeben, der Neue verzichtete auf den Rest. Er war überglücklich, so schnell an die zwei Zimmer gekommen zu sein und malerte sie gern allein nach seinen Vorstellungen.

Das war gut und wir hatten ein Problem weniger …

Ab Mittwoch übernachteten wir im Krankenhaus, in unserer Wohnung war schlicht und weg kein Platz mehr dafür. Überall standen und lagen gepackte Kartons.

Wir hatten unsere Schlafsäcke und einen kleinen Koffer mit den wichtigsten Dingen dabei, um von Freitag auf Samstag zum ersten Mal in unserem neuen Heim schlafen zu können, denn im Krankenhaus würde es nicht mehr gern gesehen werden. Freitag war schließlich dort unser Letzter …

Wir waren euphorisch. Die Kollegen hatten uns überschwänglich verabschiedet, wir die traditionelle Runde geschmissen und waren nun auf dem Weg in unser neues Zuhause.

Doch schon an unserer Einfahrt sahen wir das Dilemma, oder sollte ich besser sagen, die Bäche, die uns entgegenströmten?

Aus der Haustür heraus, über die drei Treppenstufen und dann immer weiter bis zum Gartenzaun. Einiges von dem Wasser versickerte wohl auch …

Wir ließen das Auto mit laufendem Motor stehen und stürmten zur Haustür.

Verdammt, welcher Schlüssel war denn nun der richtige? Endlich konnten wir die Tür öffnen und wurden regelrecht überflutet …

Als der große Schwall weg war, der sich im Inneren vor unserer Haustür angesammelt hatte, floss er nur noch behäbig weiter.

Wir gingen hinein, unsere Schuhe mit den nassen Strümpfen schnalzten bei jedem Schritt. Doch wo kam das Wasser her?

Irgendwie aus der Küche, das konnten wir feststellen. Aber der Wasserhahn war trocken, der Anschluss zum Geschirrspüler auch. Also woher kam es denn nun? Irgendwo hinter den Schränken musste ein Rohrbruch sein …

Ich wusste mir keinen anderen Rat, also rief ich voller Panik den Bürgermeister an. Als es bei ihm klingelte, fragte ich mich allerdings, ob ein Havariedienst nicht die bessere Wahl gewesen wäre. Was stimmte nicht mehr mit mir und meinem Gehirn? Doch da nahm der Bürgermeister schon ab.

Er beruhigte mich und sagte, im Dorf gäbe es einen, der sich mit Wasser, Gas und Sch … auskennt, den würde er vorbeischicken.

Keine fünf Minuten später kam dessen Transporter vorgefahren und ich erkannte, das war nicht nur einer mit Halbwissen, sondern er gehörte zu einer richtigen Firma. Gott sei Dank hatte ich den Bürgermeister angerufen. Mein Gehirn funktionierte also doch noch fantastisch …

Mittlerweile hatte Gerd, so hieß unser Retter, das Wasser abgestellt und eine erste Vermutung geäußert. Er schätzte, dass eines der Winkelstücke zerbrochen sei. Das wäre nichts Außergewöhnliches, nach etlichen Jahren könnte es passieren. Und seine Erfahrung lehrte ihn, wenn eins kaputtgeht, auch die anderen nicht lange auf sich warten lassen. Und nun?

Er empfahl uns, alle im Haus auszuwechseln. Noch würde die Versicherung den Schaden tragen, später aber wohl nicht mehr.

Jerry und ich schauten uns an. Das war also der Start in unser neues Leben? Mit einer Havarie und nassen Füßen?

Ich rief unseren Versicherungsonkel an, der gleich morgen vorbeikommen wollte. Ich war erstaunt, die arbeiten sogar am Wochenende? Sie würden alles für ihre Kunden tun, war sein entsprechender Kommentar. Uns sollte es recht sein …

Der Klempner hatte erst einmal alles Mögliche unternommen und wir tauschten unsere Nummern aus. Aber er ließ bereits anklingen, dass er verdammt ausgebucht sei.

Na ja, vielleicht könnte er uns irgendwie dazwischenschieben, schließlich wären wir ja aus dem Dorf, so etwas wie Nachbarn. Wow, wenn das mein Vater gehört hätte …

Als wir wieder allein waren, wurde uns erst einmal bewusst, vor welchen Problemen wir plötzlich standen. Wir holten das Auto mit den Schlafsäcken. Doch wo sollten die hin?

Bis zum Montag würde es in der Praxis gehen, dann kämen die Möbelbauer. Der Anbau ginge auch, aber nur für eine Nacht, denn dann mussten wir dort unser gesamtes Hab und Gut zwischenlagern, welches bereits morgen anrücken würde. Ins Haus konnten wir die Sachen ja nicht mehr stellen.

Jerry war es letztlich, die die geniale Idee hatte, auf den Dachboden zu ziehen. Von den Herrmanns wussten wir, dass damals ihre Söhne ein Spielzimmer da oben hatten. Na also, Problem gelöst, würde mein Vater sagen.

Oder doch nicht? Der Dachboden stand bis unter die Decke voll mit alten Möbeln, Sachen und irgendwelchem Kram, den unsere Vorbesitzer wohl vollkommen aus den Augen verloren hatten. Wir auch. Da passte nicht einmal ein Schlafsack mehr hinein.

Also nächtigten wir doch in dem Anbau, geplagt von Träumen, die alle mit Wasser zu tun hatten …

Mein Alptraum endete durch eine Hupe, die permanent und laut gedrückt wurde und so überhaupt nicht zu meinen Wassermassen passte, die aus den Wänden kamen. Verstört schüttelte ich den Kopf und öffnete langsam die Augen. Wo war ich denn?

Ich sah Jerry neben mir auf dem Schlafsack liegend, da die Hitze in der Nacht unerträglich gewesen war und ich musste sofort lächeln. Gerade als ich sie küssen wollte, wurde wieder gehupt.

Schlagartig war ich in der Realität. Es war jetzt sieben Uhr und unsere Freunde waren schon eingetroffen und hatten Frühstück dabei. Und Kaffee. Hoffentlich viel Kaffee …

Ich weckte Jerry, die weder das Hupen zu hören schien noch von schlechten Träumen geplagt wurde, doch der Eindruck täuschte.

Als wir alle zusammen auf dem Hof saßen, erzählte sie von ihren nächtlichen Dämonen.

„Leute, das war vielleicht eine Nacht. Anfangs hörte ich nur ein Tropfen, dann wurde es lauter. Ich schaltete das Licht an und sah, wie oben aus den Wänden Wasser rinnt. Erst ganz langsam, dann immer mehr und immer stärker. Aus allen Wänden und dann schrien auch schon die Kinder.

Wir sind hin, in deren Zimmer, und da stand das Wasser schon knietief. Wir haben sie geschnappt und sind ins Wohnzimmer, dort haben wir sie trockengerubbelt und ihnen heiße Schokolade gekocht. Tom hatte den Kamin angeheizt und wir kuschelten uns davor.

Plötzlich zischte es und Wasser schoss in das Feuer. Dann sprang die Kamintür auf und mit dem Qualm floss schwarze Brühe heraus. Aus den Wänden lief das Wasser immer weiter. Wir haben die Kinder auf den Tisch gesetzt und versucht, Handtücher und

Lappen in die Löcher zu stopfen. Aber das Wasser stieg immer höher."

„Warum seid ihr nicht rausgegangen?" Einer der Freunde erkundigte sich.

„Keine Ahnung." Jerry schüttelte den Kopf. „Vielleicht ist das so ein Zeichen, dass wir nicht aufgeben sollen. Jedenfalls war es ein blöder Traum." Dann sprang sie plötzlich auf und lief ins Haus. Sie schien erleichtert, als sie wieder zurückkam.

„Hast du jetzt geschaut, ob Wasser aus den Wänden kommt?", fragte ich lachend. Sie nickte.

„Mein Schatz, das passiert erst, wenn wir Kinder haben."

Eigentlich wollte ich sie damit beruhigen, dass die Sache doch nicht so schlimm war. Aber ich hatte das wirklich blöd formuliert und so ging es komplett daneben, zumindest, wenn ich ihren Blick richtig deutete.

„Wie du sagtest, wir geben nicht auf", versuchte ich eine kleine Rettung. Das war wohl entschieden besser, denn jetzt lächelte sie wieder …

Chaos

Kurz nach acht kam der Umzugs-Lkw. Alle hatten mittlerweile unser Haus besichtigt und dabei nur die Hände über den Kopf zusammengeschlagen. Das war wenig hilfreich.

Aber auch ich musste eingestehen, dass jetzt bei Tageslicht alles noch verstörender wirkte. Oder zerstörter. Die Tapeten lösten sich bereits von den Wänden und man sah genau, wie hoch das Wasser gestanden hatte. Unsere ganze Arbeit war für die Katz, wir hätten getrost auch ein Wellness-Wochenende in den Bergen genießen können …

Da unsere Freunde jetzt nicht zum Einrichten der Wohnung gebraucht wurden, halfen sie, unsere Sachen im Anbau zu platzieren.

Die Aufgabe an sich war simpel, alles musste rein und am besten so gestellt werden, dass unser Bett und der Kühlschrank benutzt werden konnten. Doch die Umzugsfirma schüttelte den Kopf. Nie und nimmer …

Das schien mir unlogisch, schließlich hatten wir nur eine Zweizimmerwohnung mit allem Drumherum bewohnt und dieser Anbau war mindestens genauso groß, nein, er war sogar um sechs Quadratmeter größer. Doch dann erwähnten sie den Keller und die vielen Kartons, die dort gelagert waren.

Sie hatten recht. Auch damit, dass Sachen in großen Schränken platzsparend untergebracht sind. Umzugskartons seien aber keine Schränke, man könnte sie lediglich platzsparend aufeinanderstapeln. Na also.

Ich konnte nicht weiter darüber nachdenken, denn mein Versicherungsvertreter kam auf seinem Rennrad daher. Er hatte vor, mit Freunden eine große Tour zu fahren und war deshalb so früh unterwegs.

Auf unserer Einfahrt tummelten sich jetzt neben den Leuten, die ständig Kartons und Kisten in den Anbau schleppten, noch ungefähr zwanzig Radfahrer. Die wirkten alle sehr sportlich und aufgeregt, gerade so, als würde in wenigen Minuten ein großer und wichtiger Wettkampf starten. Doch erst einmal kam alles zum Stocken.

Die Sachen konnten nicht weiter entladen werden, weil die Radfahrer durch ihr ständiges aufgeregtes Hin- und Herlaufen alle anderen blockierten. Manche von denen liefen auch nicht, sondern sie fuhren immer noch auf ihren Rädern …

Der Versicherungsmensch zeigte Einsicht. Mit einem lauten Pfiff beorderte er sein Team auf die große Wiese vor unserem Haus. Er sagte etwas von Pilates, sodass ich die Jungs augenblicklich bedauerte.

Ich hatte da meine Erfahrungen, Jerry machte nämlich nicht nur einen auf Yoga, sondern auch diese äußerst kraftanstrengenden Dehnübungen. Obwohl ich es hätte besser wissen müssen, belustigte ich mich auch darüber und wurde schmerzhaft eines Besseren belehrt …

Im Haus selbst war der Schaden offensichtlich, doch der Versicherungsvertreter sah noch wesentlich mehr.

Die Küche würde sich nicht retten lassen, maximal die Hängeschränke könnte ich noch für meine Werkstatt verwenden. Dabei sah er wohl meine großen Augen und stellte sofort die richtige Frage: „Sie haben doch eine Werkstatt, oder?"

Nein, hatte ich nicht. Ich hatte eine Praxis, ein Haus mit Keller und Dachboden, eine Doppelgarage und einen Anbau. War das nicht genug?

Er verneinte. Eine Werkstatt auf dem Land war seiner Meinung nach ein unbedingtes Muss. Es ging immer etwas kaputt und wo wollte ich Maschinen, Werkzeuge, Schrauben und den ganzen Krimskrams denn lagern? In der Küche? Die Heckenschere und den Rasenmäher auch?

Ich stammelte etwas von Roboter und dass der seine eigene Garage hätte.

„Wo war denn die Werkstatt ihres Vorbesitzers?"

Die Frage, ob der überhaupt eine hatte, war gar nicht präsent. Natürlich war die da, ziemlich groß im Anbau neben seiner Modellbahn. Mein Vater hatte auch eine und Jerrys Eltern ebenfalls. Wir nicht. Ich stammelte, das wäre bei meiner Planung vollkommen untergegangen …

Der Versicherungsvertreter schüttelte missbilligend den Kopf. Jetzt war ich in seinen Augen wohl nur noch ein weltfremder Arzt, wahrscheinlich auch noch ausgestattet mit zwei linken Händen. Ein Städter, der vom schönen Landleben träumt und nun vollkommen überfordert ist.

Es stimmte ja alles, nur das nicht mit den zwei linken Händen …

Während er mit seiner Gesellschaft wegen des Schadens und der schnellen Hilfe telefonierte, schaute ich mich um. Wo könnte ich die Werkstatt hinbauen? Am Haus und an der Praxis bestimmt nicht. Mein Blick fiel auf die Garage und den Anbau, der sich daran anschloss. Da war die von den Herrmanns drin gewesen und das ergab ja auch irgendwie Sinn.

Vielleicht sollten wir den Anbau um weitere zwei oder drei Meter verlängern, um dafür Platz zu schaffen? Dann wäre die neue Werkstatt gleich neben der Garage, also dort, wo sie vorher schon einmal war …

Ich wollte Jerrys Rat, doch die war beschäftigt. Ich traute meinen Augen kaum, denn sie hielt sich auf der Wiese bei den Radfahrern auf und turnte denen vor. Sie zeigte gerade eine der ganz bösartigen Übungen, zumindest empfand ich das so, die einen straffen Bauch erzeugen sollte.

Von wegen, am Ende hatte man einen übel schmerzenden Bauch, sodass man vor Muskelkater noch nicht einmal mehr lachen konnte und das über Tage hinweg.

Die armen Männer, sie wussten nicht, wie sie sich morgen fühlen würden. Zu meinem Leidwesen stellte ich aber erstaunt fest, dass sie scheinbar alle Übungen kannten. Wahrscheinlich hatten sie die Phase mit dem Muskelkater längst hinter sich …

Mein Versicherungsvertreter kam mit einer positiven Nachricht zurück. Der Schaden würde reguliert werden und unter Vorbehalt, weil heute am Samstag nicht alles geklärt werden könnte, wahrscheinlich sogar in voller Höhe und mit allem Drum und Dran. Also auch mit der Möglichkeit, während der Bauphase in ein Hotel oder eine Pension zu ziehen.

Ich strahlte über das ganze Gesicht, wurde jedoch im selben Augenblick wieder knallhart gebremst und auf den Boden der Tatsachen geholt.

„Unter Vorbehalt“, wiederholte der Versicherungsmensch.

Jetzt strahlte ich nicht mehr, sondern war verwirrt. Gab es nun eine finanzielle Übernahme vonseiten der Gesellschaft oder nicht?

Man sagt uns Ärzten ja nach, dass wir oft unverständliches Zeug von uns geben würden, was kein anderer versteht. Na, da wüsste ich noch jemanden …

Jetzt rief ich unseren Retter in der Not an, der zusagte, sich des Problems anzunehmen. Er betonte auch, dass im Haus nichts mehr passieren könnte, da die Wasserzufuhr abgestellt war.

Gott sei Dank verfügte die Praxis über einen separaten Anschluss. So konnten wir wenigstens dort auf Toilette gehen. Und uns sogar einen Kaffee kochen …

Gegen Mittag bekamen wir Besuch von unseren Eltern. Die hatten sich wohl verabredet und bedauerten uns nun gemeinsam. Gut war, dass sie an unser leibliches Wohl gedacht hatten, schlecht dagegen, dass sie die Anzahl der hungrigen Mäuler unterschätzten …

Die Umzugsfirma war zwar weg, nachdem sie alles auf der Einfahrt abgestellt hatte, aber unsere Freunde tummelten sich noch vollzählig da. Sie schleppten mit uns zusammen die Sachen in den Anbau, immer noch unter der Prämisse, dass Platz für Bett und Kühlschrank bleiben musste.

Eigentlich wäre das ja die Aufgabe der Firma gewesen, aber da Jerry und ich uns nicht einigen konnten, wie alles am besten gestellt oder gestapelt werden sollte, verkündeten die Umzugsleute nach einer Stunde des Wartens ihren Entschluss. Alles wird entladen und wir hätten dann alle Zeit der Welt, es einzuräumen.

Vielleicht würden wir es sogar heute noch schaffen, sollten wir eine Übereinkunft erzielen. Und wir wären ja nicht allein, man trat sich so schon auf die Füße. Außerdem war Wochenende, zumindest für sie.

Was soll ich sagen? Kaum waren sie weg, flutschte es wie am Schnürchen. Die Schränke aus unserem Wohnzimmer standen bereits und zehn Kisten ebenfalls. Gut, gefühlte achtzig davon waren noch draußen, aber immerhin. Auch ein paar Möbel. Etliche. Nein, eigentlich noch sehr viele …

Während wir uns den Kartoffelsalat und die Würstchen teilten, im wahrsten Sinne des

Wortes, schauten unsere Eltern in den Anbau.

„Tom, kommst du mal bitte?"

Das war mein Vater und an der Stimmlage konnte ich bereits jetzt erkennen, dass etwas ganz aus dem Ruder gelaufen sein musste.

„Wie wollt ihr hier drin noch schlafen?", fragte er, kaum dass ich in seiner Nähe auftauchte. „Euer Kram an sich passt noch nicht einmal rein. Warum habt ihr den Anbau so klein gehalten?"

Weil unsere finanziellen Mittel begrenzt sind? Weil wir glaubten, dass ein `Gästezimmer´, welches eigentlich eine Wohnung war und gut siebzig Quadratmeter hatte, ausreichte? Im Kopf verlängerte ich noch um weitere zwei Meter …

„Ihr schlaft bei uns", meldete sich plötzlich Jerrys Mutter. „Das hier geht ja gar nicht."

„Dann haben sie es viel zu weit hierher", behauptete meine Mutter. „Besser, sie kommen zu uns."

„Dafür ist euer Haus zu klein", stellte Jerrys Vater fest. „Nein, wir haben doch auch noch Sebastians Zimmer, bei uns passt es viel besser."

„Das stimmt", bestätigte mein Vater und ich horchte auf.

Er gab freiwillig nach? Es war schließlich offensichtlich, was hier ablief. Jeder markierte sein Revier beziehungsweise bestand auf seine Rechte, der Retter in der Not zu sein.

„Für Jerry wäre das optimal. Aber unser Junge muss ständig hier nach dem Rechten schauen, also bleibt er bei uns." Viel hätte nicht gefehlt und mein Vater hätte noch ein \`Basta´ drangesetzt.

„Stopp", rief ich mit Entsetzen, „wir schlafen beide hier." Und dann, mit einem leichten Grinsen: „Basta."

„Erika!"

Ich ging raus. Das sollten die unter sich klären. Aber trennen konnte Jerry und mich keiner. Nicht einmal mein Vater …

Ein Schloss

Die erste Nacht in unserem eigenen Bett hier war grauenvoll. Wir fühlten uns eingeengt von den Möbeln und vielen Kartons. Aber wir hatten alles in den Anbau hineinbekommen, woran jeder zweifelte. Außer ich natürlich …

Trotzdem schreckten wir ständig auf. Komisch, die Nacht davor hatten wir doch auch wunderbar geschlafen. Aber jetzt waren da Vogelschreie und ein ständiges Getapse vor unserem Fenster zu vernehmen.

Als dann auch noch ein stöhnendes Atmen zu hören war, jagte mich Jerry vor die Tür. Schließlich war ich der Mann im Haus und hatte für Ordnung zu sorgen.

Mein Einwand, das Geräusch sei draußen und nicht im Haus, akzeptierte sie nicht. Im Gegenteil, jetzt bekam ich sogar noch einen Klaps verpasst.

Also schnappte ich mir die Taschenlampe und ging wie ein Mann mit festen Schritten vor die Tür, zumindest so lange, wie Jerry mich noch beobachten konnte.

Danach schlich ich auf Zehenspitzen weiter und kam in Bredouille, da ich die Taschenlampe lieber als Schlagwerkzeug über meinem Kopf halten wollte, als ihrer Funktion gerecht zu werden. Doch dann sah ich ja nichts mehr …

Jerry kam hinzu, weil ich ziemlich laut lachen musste. Da waren doch vor unserem Fenster gerade zwei Igel zugange und sie ließen sich auch durch nichts stören.

Die Blicke, die wir beide uns zuwarfen, waren mehr als eindeutig. Mal sehen, wer lauter ist …

Den Sonntag verbrachten wir mit Nichtstun, zumindest bis Mittag. Obwohl das nicht ganz richtig ist, denn wir planten bereits etwas für die Zukunft: den Hühnerstall.

Auf unserem Grundstück gab es hinter dem Haus jede Menge Rasenfläche, von der wir ein Stück einzäunen wollten. Da würde ich dann den Stall bauen und Jerry fertigte sofort Zeichnungen dafür an.

Ich fand das jetzt etwas übertrieben, drei Wände, eine Tür und eine Klappe, durch die die Hühner gehen konnten. Innen zwei oder drei Nester, ein Treppchen, zwei Stangen und die Kotbretter, warum also eine Zeichnung?

Jerry staunte über mein `Fachwissen´, was sie jedoch nicht davon abhielt, weiter zu skizzieren.

„Warum machst du das?“, fragte ich nach einer Weile dann doch. „Das ist unnötig, so schwer ist das nicht.“

„Nun, wenn du nur eine einfache Hütte hinsetzt, dann bestimmt. Trotzdem will ich es dir so leicht wie möglich machen. Ich habe sogar schon alle Maße notiert. Sieht doch gut aus, oder?“

Ich starrte auf ihre Zeichnung, aber ich war mir nicht mehr sicher, ob wir wirklich über das Gleiche gesprochen hatten. Ich zumindest redete von einem Hühnerstall. Ihr Plan sah ein Schloss vor, mit Türmchen und Erkern und was weiß ich nicht noch für einen Schnickschnack.

„Wir brauchen keine Hühner. Die Patienten versorgen uns schon mit Eiern.“

Ich gab ihr die Zeichnung zurück. Nie und nimmer würde ich das `Kunstwerk´ bauen, selbst wenn sie auf Knien gebettelt käme.

Ein Schloss für die Hühner und wir schlafen immer noch eingeengt im Anbau. Vater hatte recht, Frauen haben manchmal wirklich merkwürdige Ideen oder Vorstellungen …

Palais La Poule

Kurz darauf erschienen wieder unsere Eltern und ich hatte schon die Frage auf den Lippen, ob sie nicht auch noch bei uns übernachten wollen, wenn sie doch sowieso und ständig hier alle naselang auftauchten. Aber ich ließ es lieber, womöglich würden sie laut und kräftig `Ja´ sagen.

Sie brachten wieder Essen mit, diesmal entschieden zu viel. Das würde für eine Fußballmannschaft reichen oder für uns eine ganze Woche lang. Meine Mutter hatte sogar einen Kuchen gebacken, doch wir waren einfach zu satt. Übrigens alle …

Während wir draußen auf Klappstühlen saßen, die von Jerrys Eltern stammten, redeten wir auch darüber, wie es jetzt weitergehen sollte. Allerdings hatte sich nichts Entscheidendes zum Vortag ereignet, wie auch, es war schließlich Sonntag.

Plötzlich kam das Gespräch auf unseren Hühnerstall. Nicht schon wieder dieses Thema, dachte ich mir im Stillen und schloss meine Augen. Ich wollte zeigen, dass der im Moment nicht wichtig ist. Aber weit gefehlt, das kapierte keiner.

„Unsere Jerry hat gute Ideen“, lobte ihr Vater, „und ihre Zeichnungen sind maßstabsgerecht. Da kannst du sofort loslegen mit dem Bauen."

„Bekommt Tom denn so etwas hin?" Ihre Mutter war skeptisch.

„Mein Sohn?", hörte ich meinen Vater. „Der ist so was von geschickt, das könnt ihr euch gar nicht vorstellen. Der kann euch alles bauen."

Schlagartig waren meine Augen auf. Ich war seiner Meinung nach baubegabt? Es klang richtig stolz, als er `mein Sohn´ sagte …

„Dann ist unser Vorschlag wohl ziemlicher Unsinn", entgegnete Jerrys Vater.

„Welcher Vorschlag?", klinkte sich meine Mutter in das Gespräch.

„Wir haben im Internet einen Bausatz für einen Hühnerstall gefunden", erklärte Jerrys Mutter. „Er sieht toll aus, ist funktional, erprobt und enthält alles, was Hühner so benötigen, also Stange, Hühnerleiter und Kotbretter."

„Und das Beste ist, man kann ihn bei Bedarf einfach vergrößern", war wieder ihr Vater zu vernehmen.

„Aus welchem Material besteht der denn?", fragte meine Mutter.

„Nicht dass der nach dem ersten Windstoß auseinanderfällt. Da baut ihn doch lieber mein Sohn.“ Das war mein Vater.

„Nein, der ist aus einem neuen Material und du hast sogar zehn Jahre Garantie drauf.“

„Das hört sich doch richtig gut an“, klinkte ich mich ins Gespräch. Unter normalen Umständen wäre ich sofort auf Kontra gegangen, aber so? Ein Schloss war schließlich kein normaler Umstand.

„Ich denke zwar immer noch, dass es besser wäre, du würdest ihn selbst bauen. Dann wäre er individuell, aber mit der Möglichkeit, ihn bei Bedarf zu vergrößern, hat der Plan von Jerrys Eltern wirklich etwas für sich.“

„Und die beiden haben bestimmt genug zu tun. Schließlich ist in drei Wochen schon die Eröffnung ihrer Praxis“, vervollständigte meine Mutter die Diskussion.

„Schaut mal, so sieht er aus.“

Jerrys Vater ließ sein Handy rumgehen. Von allen Seiten kam Zustimmung, ganz besonders von mir. Alles war besser als ein Schloss mit Erkern, Zinnen und Türmchen …

„Also einverstanden?“

Ich nickte kräftig. Doch dabei merkte ich, dass ich zum ersten Mal nicht auf der Seite meiner Frau gestanden hatte. Im Gegenteil, ich war ihr voll in den Rücken gefallen. Blitzschnell drehte ich mich zu ihr um und sah dabei, wie sie gerade ihrer Mutter verschwörerisch zuzwinkerte.

Plötzlich lachten auch die anderen los. Wir alle gegen Jerry? Ha, von wegen, alle gegen mich, so wurde ein Schuh daraus. Gemeinsam hatten sie mich ausgetrickst.

„Ihr habt genug zu tun, gerade jetzt", fügte ihre Mutter beschwichtigend hinzu.

„Und wir wollen nicht, dass ihr euren Start verschieben oder du gar deinen Job aufgeben musst, nur weil dir ein paar Finger fehlen."

Das war mein Vater. Ich war also doch nicht baubegabt?

„Das soll unser Einweihungsgeschenk werden." Meine Mutter lächelte mich an. „Sonst habt ihr ja schon alles oder wollt es lieber allein besorgen. Wir fanden die Idee von Jerrys Eltern deshalb super."

„Ich auch", meinte Jerry und gab mir einen Kuss. „Wir haben bestimmt Besseres vor, als einen Hühnerstall zu bauen, oder?", flüsterte sie mir ins Ohr.

Das sah ich mindestens genauso …

„Und wir kümmern uns auch um die Erstausstattung, also Futter, Wasserbehälter, Stroh und den ganzen Kram", meinte Jerrys Mutter.

„Gut, dann fangen wir morgen mit dem Projekt Hühnerstall an", entschied mein Vater, „schließlich hält am Dienstag der Lkw vom Geflügelhof im Dorf, da könnt ihr euch eure Puttputts schon aussuchen."

„Am Dienstag?", fragte ich und lachte. „Wie soll das denn gehen?"

Der Blick meines Vaters sagte alles.

„Erika! Das ist nie und nimmer unser Sohn."

„Warum diesmal?", fragte meine Mutter.

„Er hört nicht zu. Es ist alles geplant, in Papier und Tüten, bestellt und geliefert. Morgen wird aufgebaut und am Dienstag fliegen die Hühner rein. Das habe ich schon erwähnt, aber er hört nicht zu."

„Dann ist er dein Sohn …"

Alles wird gut

Es ist Montag und in genau drei Wochen werden wir feierlich eröffnen. Hoffentlich. Heute jedenfalls werden die Möbel für die Praxis geliefert.

Wir haben einen Dienstleister aus dem Fachbereich Medizinequipment konsultiert, der sich um alles kümmert. So fallen sämtliche Absprachen und Beauftragungen für uns flach, dafür bekommen wir fertig eingerichtete Räume übergeben. Denn ab jetzt geht es wirklich Schlag auf Schlag.

Am Mittwoch erwarten wir die Geräte und die Woche darauf arbeitet ein IT-Techniker bei uns, der alles installiert und miteinander verbindet.

Uns bleibt die letzte Woche, um die Praxis mit Medikamenten und all den anderen Dingen zu bestücken, denn auch die Verträge mit der Apotheke sind bereits unter Dach und Fach. Außerdem lernen wir dann unsere beiden Arzthelferinnen näher kennen.

Schwester Lisa kommt aus der Stadt, wir haben eine Zeit lang zusammen auf Station gearbeitet, bevor sie die Stelle aufgab. Für sie war der Klinikbetrieb nichts, sie bekam Familie und Arbeit nicht unter einen Hut, zumal ihr Mann ebenfalls Schichten schob.

Schwester Mariella war bereits bei den Herrmanns. Sie wollte aber nicht wie Inventar übernommen werden. Nein, nur wenn wir etwas taugen würden, ihr also sympathisch wären, käme sie zu uns.

Gott sei Dank hatten wir einen wirklich guten Leumund, daher sagte sie zu. Und wir freuten uns auf die beiden …

Mittlerweile war es schon fast zehn, doch der Lkw mit den Möbeln immer noch nicht eingetroffen und er würde auch nicht mehr kommen. Zumindest nicht in dieser Woche.

Das teilte uns der Dienstleister am Telefon mit. Auch wenn der Grund einleuchtete, schön war es nicht.

Zur Zeit stellten sich nämlich Verzögerungen auf dem Wasserweg ein und das Containerschiff, also das, welches die Möbel geladen hatte, würde frühestens nächste Woche seine Waren löschen können.

Da erfuhr ich auch erst, dass die Einrichtung aus China kam. Gut, fast alles kam ja mittlerweile von dort, aber hatten wir hier in Deutschland keine Möbelbauer mehr?

Ich bezweifelte ernsthaft, dass wir unseren Eröffnungstermin überhaupt noch halten konnten, denn alle Abläufe müssten jetzt nach hinten verschoben werden. Aber der Dienstleister sah nicht so schwarz. Okay. Na ja, mich soll's wundern …

Außerdem warteten wir auf unseren Versicherungsvertreter oder wenigstens auf einen Anruf von ihm. Der Sanitäronkel hatte schon mit uns gesprochen und wir waren so verblieben, dass wir die Antwort der Versicherungsgesellschaft erst einmal abwarten.

Vielleicht könnte er ja wirklich alle defekten Teile mit einem Schlag auswechseln, jedenfalls wartete er auf unseren Rückruf. Irgendwie warteten wir alle …

Die einzigen, die seit acht Uhr aktiv werkelten, waren unsere Eltern. Der Zaun war schon fast fertig und für den Stall würden sie auch nicht mehr allzu lange brauchen.

Jerry und ich hatten uns bei ihnen mit eingeklinkt, aber das gefiel den Herrschaften ganz und gar nicht. Sie scheuchten uns weg und fragten, ob wir nicht woanders stören könnten.

Nein, konnten wir nicht. Im Gegenteil, wir kamen uns so nutzlos vor, wie es nur irgend möglich war.

Doch dann kam endlich ein Auto um die Ecke. Es war unser Versicherungsvertreter und sein Strahlen ließ uns hoffen.

Genauso war es, wir bekamen den kompletten Schaden ersetzt, konnten alle Winkelstücke auswechseln lassen und dann erneut mit der Renovierung beginnen. Doch erst musste das Haus getrocknet werden und das könnte einige Zeit dauern …

Wir riefen sofort Gerd an und der versprach, gegen zwei Uhr mit seinem Team hier zu sein und bereits morgen wäre alles erledigt.

Der Versicherungsvertreter telefonierte unterdessen mit mehreren Firmen und forderte Kostenvoranschläge an. Zeitnah, also sprich heute noch …

Wir könnten während der Bauphase bei unseren Eltern oder Freunden unterkommen, dafür stünden uns pro Tag fünfunddreißig Euro zu. Wenn wir in eine Pension oder ein Hotel zögen, würden sie auch diese Kosten komplett übernehmen.

So verlockend der Gedanke mit dem Hotel auch war, wir hatten hier doch alles. Ein Bett, einen Kühlschrank und ab morgen sogar Hühner. Nein, wir blieben. Dann stünden uns auch fünfunddreißig Euro zu, da wir ja nicht im Haus wohnen würden …

Aber als er einen Blick in den Anbau warf, schüttelte er den Kopf und fragte, ob das unser Ernst wäre. Von Wohnen könnte man ja nun wirklich nicht sprechen, eher von hausen.

Ich fand, das hing von der Seite des Betrachters ab. Und wer hatte schon jede Nacht fleißige Igel vor dem Fenster, mit denen man im Wettbewerb stand?

Die Party

Mittlerweile schliefen wir in unserem Anbau ganz bequem, auch gewöhnte man sich langsam an die vielen ungewöhnlichen Geräusche.

Bei einigen Schreien schreckten wir allerdings immer noch hoch und Jerry schickte mich auch jedes Mal vor die Tür, wenn das laute Atmen oder gar Stöhnen zu hören war. Ich glaube mittlerweile, sie wollte nur, dass ich auch wirklich wach werde …

Gegen acht Uhr war es mit unserer Ruhe vorbei. Wir saßen gerade auf dem Hof, eine Tasse Kaffee in der Hand, da fuhren zwei große Transporter vor.

Erstaunt schauten wir zu ihnen. Ihre Türen gingen auf und plötzlich standen sechs Männer vor dem Haus, die schnurstracks auch dort hinein wollten.

Als wir dazu stießen, unterhielt sich Gerd bereits mit ihnen und klärte den Sachverhalt. Das waren also Leute von der Firma, die den Zuschlag für den Ausbau und die Lüftung erhalten hatte. Flink waren sie ja …

„Tach Meister“, begrüßte mich einer der Männer, „wir räumen jetzt alles raus und stellen die Lüfter auf. Ich messe an den Wänden, wie hoch die Durchfeuchtung ist, dann wissen wir, wie lange das Trocknen dauert. Ralf, Tach“, wiederholte er den Gruß und gab mir die Hand. Ich schaute fragend zu Gerd, der nur nickte. Es war also alles in bester Ordnung …

„Wo können wir die Teile zwischenlagern?“

„Welche Teile?“

Jetzt erst merkte ich, dass ich wirklich keine Ahnung hatte, was auf uns zukommt.

Ralf klärte mich auf und ich war entsetzt. Jerry sagte auch kein Wort mehr, ganz im Gegenteil, sie hatte schon vor einer Weile unser Wohnzimmer verlassen.

Sie würden alles herausreißen. Das, was danach noch verwendet werden könne, sollte irgendwo zwischengelagert werden. Vielleicht im Anbau?

Ich schüttelte den Kopf, weniger wegen seiner Frage, mehr wegen meiner Naivität. Am Ende kam alles auf den Hof und als Wetterschutz warfen sie eine Plane darüber.

Für die verbliebenen Möbel, also die Hängeschränke aus der Küche und dem Bad, war das sicherlich nicht die beste Variante. Doch die kämen danach ja nur in die Werkstatt zur Verwendung, die allerdings noch gar nicht existierte, außer in meinem Kopf.

Unser eigentlich großer Hof verkleinerte sich zusehends und danach noch mehr, als der Container für den Müll anrückte.

Später wurde es für uns unerträglich. Aus dem Haus flog alles raus, was nicht gerettet werden konnte …

Kurz vor vier Uhr liefen wir zur Kirche. Hier sollte direkt an der Straße der Hühnerverkauf stattfinden.

Es war nicht weit von uns, keine fünfhundert Meter, und so sahen wir schon die lange Schlange, die auf den Lkw wartete. Wir staunten. Ich persönlich hatte geglaubt, dass jeder im Dorf schon genug Hühner besäße.

Auch wir waren nicht die Letzten. Hinter uns stellten sich immer noch Leute an.

Dennoch unterschieden sie sich alle von uns, denn jeder von denen hatte entweder eine Schubkarre oder einen Handwagen mit. Wir nicht, selbst ein vergitterter Kasten oder Käfig fehlte uns.

Just in dem Moment kam der Bürgermeister angeradelt und hielt bei uns an.

Er fragte kurz, wie es auf unserer Baustelle voran geht. Weil wir in der Schlange so weit hinten standen, würde es für uns jetzt nicht mehr viel Auswahl geben wie zu Beginn des Verkaufs. Die Leute würden sich ja wie wild auf die bunten Hühner stürzen, auch auf die Grünleger.

Jetzt bekamen wir einen kurzen Abriss über die Möglichkeiten, die wir wohl nicht mehr hätten. Doch dann hellte sich sein Gesicht auf: „Na, da habt ihr noch mal Glück gehabt. Das sind doch eure Eltern, die ganz vorn stehen, oder?"

Ich trat aus der Schlange und sah, wie mein Vater gerade auf uns zusteuerte.

„Na Sohn, Mittagsschlaf beendet?" Dann begrüßte er freundlich den Bürgermeister. Woher kannten die sich denn?

„Wolltet ihr die Hühner auf den Arm nehmen und nach Hause tragen? Oder habt ihr eine Leine für sie mit?"

Er lachte über seinen Witz. Wir nicht …

„Ein Karton tuts auch“, meinte der Bürgermeister. „Nehmt doch einfach eine eurer Umzugskisten.“

Ein guter Vorschlag. Jerry hatte sich bereits umgedreht und verschwand ziemlich schnell. Ich aber wollte mit meinem Vater mitgehen.

„Wo willst du denn hin?“

„Zu euch nach vorn, was denn sonst?“

„Nee, du bleib mal lieber hier. Ich will sehen, was euch am Ende der Schlange noch an Auswahl übrigbleibt. Vielleicht gibt es ja nur noch Hähne.“

Der Bürgermeister verabschiedete sich lachend und mein Vater wollte schnell wieder nach vorn, weil der erwartete Lkw mit dem Federvieh gerade um die Ecke kam.

„Nimm eine schön bunte Auswahl“, rief ich ihm zwar noch hinterher, aber ich wusste nicht, ob er das wirklich mitbekommen hatte.

„Nimm sie doch selbst“, spottete er lachend, „wenn du kannst.“

Er hatte es natürlich gehört …

Als wir dran waren, gab es keine Hühner mehr und Jerry hatte umsonst die große Kiste angeschleppt. Mein Vater lachte laut und der

Fahrer meinte, in einem Monat sei er wieder hier. Vielleicht würden wir dann ja welche abbekommen.

Gemeinsam mit unseren Eltern gingen wir zurück zum Grundstück. Jerrys Vater zog einen Handwagen mit zwei Kisten darauf. Es gackerte.

„Die Bunten sind nicht gut“, urteilte mein Vater. „Die Weißen sind besser. Die legen schöne große weiße Eier, und wenn ihr die zu Ostern mit unseren Enkeln bemalen wollt, kommen die Farben wenigstens gut zur Geltung. Und sie sind groß.“

Jerry und ich schauten uns an. Im richtigen Leben waren wir gestandene Leute, aber hier, im Beisein unserer Eltern, kamen wir uns wie kleine Kinder vor.

„Das ist übrigens das richtige Leben“, sagte mein Vater gerade …

Zu Hause angekommen, wollten wir dabei sein, wenn die Kisten geöffnet und die Hühner in ihren Hof gesetzt werden.

„Nichts da, das soll eine Überraschung werden“, äußerte Jerrys Mutter recht forsch.

„Außerdem setzt man sie nicht in den Hof, sondern erst einmal in den Stall. Dann macht man den zu und morgen früh haben sie gelernt, dass das ihr neues Zuhause ist. Ansonsten müsst ihr nämlich abends die Tiere einzeln reinbringen. Wollt ihr das? Wollt ihr jeden Abend jedes Huhn persönlich auf die Stange setzen?“

Jerrys Vater war früher nicht so belehrend gewesen. Erst seit der Zeit, da die beiden mit meinen Eltern abhängten, war er es, stellte ich gerade fest.

Jerry dachte wohl das Gleiche, denn ihr Blick war ziemlich böse an sie gerichtet. Doch die lächelten nur, genau wie meine Eltern …

„Ihr könnt sie morgen sehen, wenn wir früh die Pforte öffnen“, ließ gerade mein Vater verlauten.

„Ich denke, der Stall hat eine Klappe mit Lichtsensor?“, fragte ich, „warum wollt ihr dann früh herkommen?“

Darauf erhielten wir keine Antwort. Stattdessen tuschelten die vier miteinander und scheuchten uns am Ende sogar noch weg. Jetzt kamen wir uns noch kindlicher vor …

Am Freitagabend besuchte uns Michael und ich freute mich riesig. Wir saßen draußen auf unserem mittlerweile sehr klein gewordenen Hof und hatten uns gegenseitig über die Dinge ausgetauscht, die in den letzten Wochen passiert waren.

Er bedauerte immer noch zutiefst, dass er bei der Maler-Aktion nicht dabei sein konnte, weil er im Krankenhaus den Wochenend-Dienst hatte. Auf der anderen Seite brauchte er sich jetzt auch nicht zu ärgern, weil die ganze Arbeit ja umsonst war …

„Ich denke, es ist Zeit für eine Party", platzte es plötzlich aus ihm heraus.

„Was?", riefen Jerry und ich unisono. „Hast du was mit dem Kopf oder den Augen? Hörst du womöglich schlecht?", setzte ich hinterher. „Schau dich mal um, hier herrscht das reinste Chaos. Wir haben noch nicht einmal mehr Platz, um mit ein paar Leute zusammen zu sitzen."

„Doch da." Er zeigte auf die Wiese. „Dort ist es doch cool. Man könnte einen Pavillon aufstellen und hier kann man tanzen."

„Tanzen?", fragte ich entgeistert, „glaub mir, uns steht bestimmt nicht der Kopf danach."

„Eben, deshalb haben wir ja schon alles organisiert."

„Wer ist wir?", wollte Jerry wissen, weil ich gerade nicht den Mund aufbekam.

„Na alle."

Was war denn das für eine Antwort? Alle. Wer waren denn alle? Doch Michael lächelte nur.

„Das geht nicht, schau dich um."

„Es geht."

„Wir haben andere Sorgen."

„Eben, darum eine Party."

„Vor zwei Wochen haben wir unser Haus renoviert, vor einer Woche wollten wir einziehen und jetzt steht da nur noch ein Rohbau."

„Darum die Party."

„Unsere Praxis wird auch nicht fertig. Die Möbel befinden sich noch auf dem Schiff und das ist was weiß ich wo."

„Party."

„Wir hausen im Anbau und wissen noch nicht einmal, wo unsere Klamottenkisten stehen, geschweige denn, dass wir rankämen, selbst wenn wir es wüssten."

„Schlimm. Dagegen hilft eine Party."

„Wir stehen morgens auf und müssen um das Haus in die Praxis laufen, um auf Toilette zu gehen. Oder um uns frisch zu machen. Oder um Kaffee zu kochen“, wurde ich mittlerweile lauter. „Jedes Mal, wenn wir nur einen Kaffee wollen.“

„Party“, wiederholte Michael. „Geht auch nicht mehr anders. Alle unsere Freunde kommen und die Hühner müssen ebenfalls befeiert werden. Legen sie schon?“

Wir fühlten uns vollkommen überrumpelt. Erst behandelten uns die Eltern wie kleine unmündige Kinder, jetzt auch noch Michael …

Der Abend war bis jetzt wunderschön. Bereits am Nachmittag kamen die Ersten, bauten den Pavillon auf und stellten Tische und Bänke darunter. Wir beide konnten sogar wieder einmal richtig befreit lachen und genossen die Abwechslung. Ja, es war wirklich eine gute Idee …

Später übernahm Michael den Grill, wir aßen viel und tranken auch das eine oder andere Bierchen. Doch dann traute ich meinen Ohren nicht.

„Auf die Hühner“, rief plötzlich mein Vater, der sogar aufgestanden war und sein Glas erhoben hatte.

Jeder machte mit, nur einige veränderten leicht den Prostruf: `Auf alle Hühner´. Dann kam aus der Anlage der Ententanz und sie rannten wie bekloppt auf die Tanzfläche. Nur Jerry und ich nicht …

Ich mochte diesen Titel noch nie. Ich konnte einfach nicht verstehen, wie erwachsene und gestandene Leute plötzlich anfingen, mit den Armen zu wedeln und den Hintern zu wackeln. Aber hier war das gleich noch mal eine ganz andere Nummer, die auf der Tanzfläche kannte ich alle. Sogar sehr gut.

Doch es war gleichzeitig die Gelegenheit, auf die ich schon Jahre gewartet hatte. Nun endlich war die Zeit für eine Retourkutsche gekommen und ich freute mich hämisch darauf.

„Erika!", rief ich aus voller Kehle, zumal die blöde Musik auch so laut war. Alle blieben wie angewurzelt stehen, selbst die `Enten´ hörten abrupt auf zu tanzen. Und meine Eltern glotzten regelrecht. Noch nie hatte ich sie beim Vornamen genannt …

„Wir haben Hühner, keine Enten. Jetzt weiß ich Bescheid, ich wurde vertauscht. Ihr seid nie und nimmer meine Eltern!"

Schlimmer geht immer

Jerry war jetzt oft mit einem Mitarbeiter der Baufirma unterwegs. Sie suchten gemeinsam die Fliesen aus, bestellten die Tapeten und Farben und schauten zeitgleich nach dem richtigen Holz für unsere Fußböden.

Leider waren die durch das viele Wasser nicht mehr zu retten gewesen, was uns wirklich sehr leidtat. Gerade diese Holzdielen hatten es uns angetan.

Aber selbst mit den vielen Lüftern änderte sich deren Feuchtigkeit nicht und so mussten wir dem Herausreißen zustimmen, wollten wir nicht erst im nächsten Jahr einziehen.

Man versicherte uns vehement, dass die Räume hinterher noch viel schöner aussehen würden. Mich soll's wundern …

Ich nutzte jetzt die Zeit, um Jerry einen Wunsch zu erfüllen. Eigentlich war das ja eher einer der Träume, den sie ganz zu Anfang mal geäußert hatte, als wir das Haus noch gar nicht besaßen. Sie wollte Kräuter, also baute ich ihr eine Spirale …

Neuerdings erschienen unsere Eltern immer paarweise in neuer Konstellation, entweder die Väter oder eben die Mütter. Sie kamen oft, sodass ich mich mittlerweile ernsthaft fragte, wie sie vorher ihren Tag gestaltet hatten, ohne uns und die Baustellen. Auch, ob es immer so weitergehen würde …

Während unsere Väter mich ständig mit guten Ratschlägen bombardierten, kauften die Frauen ein. Natürlich ohne jegliches Maß, was ja auch nicht anders zu erwarten war.

Nach deren Vorstellung oder besser gesagt, den vielen Pflanzencollies, die sie anschleppten, musste meine Spirale von hier bis zum Dorfende reichen.

Meine Nerven waren zwischenzeitlich am Ende und ich sehnte oft die Nacht herbei, da die Eltern zur Zeit auch noch die Abende mit uns verbrachten. Jerry meinte, es würde bald alles besser werden. Ich hatte andere Gedanken und bei denen war das Wort `schlimmer´ geradezu präsent …

Gegen Ende der zweiten Woche kamen endlich die Möbel für unsere Praxis und auch alle Geräte. Es war ein heilloses Durcheinander, da auch der IT-Techniker seine Aufgaben erledigen wollte.

Wir mussten zeitweise sogar das Feld räumen, da gefühlt auf jedem Fleckchen der Praxisräume gewerkelt wurde. Dennoch bezweifelten wir ernsthaft, dass wir zum vorgesehenen Termin öffnen könnten.

Unser Dienstleister war anderer Meinung, auch wenn es an den letzten Tagen etwas hektischer werden würde. Ach, was war das denn jetzt?

Also werkelte ich notgedrungen an der Kräuterspirale weiter. Die war fast fertig und sah sensationell aus. Zumindest in meinen Augen …

Natürlich brauchte ich nur knapp ein Zehntel der Pflanzen, den Rest stellte ich vors Gartentor und hängte ein Schild `Zum Mitnehmen´ dran. Die Mütter fielen fast aus ihren Latschen und murmelten was von undankbar, die Väter schlugen sich auf ihre Seite.

Alle vier boykottierten uns jetzt. Besser gesagt, nur mich. Aber das fühlte sich irgendwie gut an. Richtig gut. Eigentlich hätte ich auch schon eher drauf kommen können …

Jerry freute sich riesig über ihre neue Kräuterspirale und gemeinsam nahmen wir uns den Vordergarten vor. Eigentlich gab es da nicht viel zu machen, denn die Herrmanns hatten einen guten Geschmack und einen noch besseren grünen Daumen.

Die Fläche selbst war ein riesiger Steingarten. Sich niedrig ausdehnende Pflanzen mit klitzekleinen oder auch gigantisch großen Blüten wuchsen langsam und bildeten ganze Teppiche. Dazwischen lagen einzelne Feldsteine, kleine und auch größere, einige waren auch zu Grüppchen und Figuren angeordnet worden.

Nach den vielen Wochen ohne `Betreuung´ zeigten sich nun doch vereinzelt Unkräuter, hauptsächlich Löwenzahn, die wir jetzt rausrissen.

Und das machte uns sogar richtig Spaß, weil wir damit zu den Hühnern laufen konnten, die sich wie wild darauf stürzten und zu freuen schienen. Vielleicht war ja auch noch ein Würmchen dabei, sie mussten nur gründlich genug scharren …

Währenddessen näherte sich eine ältere Frau, die leicht schwankte. Schon bei der Begrüßung über den Gartenzaun merkten wir, dass sie wohl ein Gläschen zu viel getrunken hatte. Sie sprach mit uns, eigentlich nur mit Jerry, auf Platt und fast ohne Pause, also ohne Punkt und Komma.

„Was sagt sie?“, fragte Jerry mich.

„Das ist Plattdeutsch.“

„Das höre ich auch. Was sie sagt, will ich wissen.“

„Antworte einfach nur immer mit `Ja´.“

Woran sollte ich erkennen, was sie erzählt? Ich konnte kein Platt und verstand nur ein paar Brocken. Bei dieser Frau noch nicht einmal die, sie ergaben für mich überhaupt keinen Sinn.

Also beschäftigte ich mich ganz intensiv mit zwei Steinen, deren Lage unbedingt optimiert werden musste. Ich senkte bewusst meinen Kopf, als wäre das eine wichtige, was sage ich, eine äußerst komplizierte Aufgabe.

Jerry hingegen zupfte ab und an ein wenig Unkraut, hörte ansonsten der Frau zu und antwortete zwischendurch höflich und nett mit `Ja´.

Plötzlich schrie die alte Frau wie am Spieß, hob den Arm, machte eine Faust und schimpfte wie ein Rohrspatz. Dann drehte sie sich abrupt um und tippelte mit kleinen Schritten davon.

Jetzt war sie die typische Frau, voll Multitasking fähig konnte sie dabei immer weiter schimpfen und mit den Armen fuchteln. Was war denn das eben?

Der Bürgermeister hatte zufällig das Ende ihres Auftrittes mitbekommen und wir erzählten ihm, wie es begann. Er lachte und meinte, Jerry hätte auch mal `Nein´ sagen sollen.

Und die Sache mit dem Alkohol würde stimmen. Viel früher waren alle hier ständig besoffen, heute sind es nur noch die Alten. Ab und zu wenigstens …

Wenn man sich im Dorf umschaute, konnte man das erkennen, gerade die achtzig oder hundert Jahre alten Fachwerkhäuser zeigten ziemlich krass, dass die Bauleute nicht mehr gerade gucken konnten.

Bei denen hatten keine zwei Balken den gleichen Abstand zueinander, so wie sie kamen und da, wo gerade einer der Bauleute stand, wurden sie aufgestellt und festgemacht. Manchmal waren das dann fünfzig Zentimeter Unterschied oder eben zwei ganze Meter. Je nachdem …

Deswegen wären alle Fenster Sonderanfertigungen, wie gesagt, keine zwei hätten die gleiche Breite. Bei einigen Häusern waren sie sogar noch nicht einmal in der gleichen Höhe eingesetzt worden, doch das wurde im Laufe der Zeit korrigiert.

„Aber die Dorffeste sind schön und wenn man nicht bis zum Ende bleibt, verpasst man das Beste, nämlich die Dorfprügelei."

Er schmunzelte. Die sei nämlich geblieben wie eine gute alte Tradition.

Alle Halbstarken und manchmal auch die Ausgewachsenen würden einen Grund finden, um sich gegenseitig auf die Nase zu hauen. Doch schon eine halbe Stunde später lägen sie sich in den Armen und würden dem Wirt auch noch das letzte Bier wegtrinken …

Als wir wieder allein waren, machte ich mir so meine Gedanken über das, was uns der Bürgermeister gerade erzählt hatte.

„Wir sollten uns hier im Dorfclub engagieren."

Jerry schaute mich mit großen Augen an.

„Stell dir mal vor, das Dorffest wäre einmal im Monat und nicht nur einmal im Jahr. Wir hätten echt viel zu tun …"

Selbst in unser Haus kam Bewegung, ich meine, in die Wiederaufbauarbeiten. Die Handwerker sagten, es würde innen schneller trocknen als anfangs befürchtet. Maximal noch eine Woche müssten die Lüfter arbeiten. Und dann würde es rund zwei Wochen dauern, bis wir wieder einziehen können. Gut gerechnet.

Was für eine Vorstellung. Wasser aus der Wand, ohne dass du dafür hundert Meter laufen musst. Platz zwischen dem Bett und dem Rest der Wohnung, die Möglichkeit, etwas sofort und auf Anhieb zu finden, ohne diverse Kartons zu durchstöbern.

Doch wir dämpften lieber sofort unsere Euphorie, denn so viel konnte noch passieren und den schönen Plan über den Haufen werfen …

Mittlerweile verkomplizierte sich sowieso mehr oder weniger alles. Weil in der Praxis die Leute von sehr früh bis in die Nacht arbeiteten, um den Termin halten zu können, mussten wir unsere Bedürfnisse anpassen.

Wichtige Dinge erledigten wir nun nachts und wenn tagsüber etwas `anfiel´, gingen wir dafür ins Gemeindehaus, ich meistens in den Kindergarten.

„Du Onkel Doktor, musst du kacken?"

„So sollen wir das nicht sagen. Wir sollen `auf Klo gehen´ sagen."

„Nein, das stimmt nicht. Tolilette heißt das."

„Kinder, das Ding heißt Toilette. Entschuldigt ihr mich?", fragte ich, da es verdammt drückte.

„Bei wem?"

„Pupst du auch?"

„Auf Tolilette darf man das, hat Heike gesagt.“

„Warum hast du ein Handtuch dabei?“

„Weil wir uns die Hände waschen sollen. Du bist ja blöd.“

„Selber blöd. Da hängen doch Handtücher.“

„Das sind doch unsere und nicht ihm seins. Der Onkel Doktor hat nämlich gar keinen Haken mit einem Bildchen drauf.“

„Warum hast du eine Tasche mit?“

„Ich will gleich noch duschen.“

„Hast du dich bekackt?“

Die Fragen unserer Eltern kamen manchmal einer Inquisition gleich. Aber hier konnten selbst sie noch lernen …

In letzter Minute

Es war Donnerstag früh, kurz nach sieben. Jerry, Lisa, Mareike und ich saßen jeweils vor einem Computer, den der IT-Techniker Peter uns jetzt erklären wollte. Besser gesagt, das neue und für uns modifizierte Programm.

Die Türen der Praxis waren weit geöffnet, er stand in der Mitte und lotste uns durch die einzelnen Komponenten. Vieles war anfangs nicht nur neu, sondern sehr ungewohnt.

Aber bald merkten wir, dass es gut durchdacht war und unsere Arbeit erheblich vereinfachen würde. Das Programm war sogar besser als das, welches wir im Krankenhaus genutzt hatten. Trotzdem trieb Peter uns immer an, schneller zu werden.

„Es ist zwar nicht optimal, aber wir haben auch noch morgen, sollten wir heute nicht alles kapieren“, sagte ich, während wir am Frühstückstisch eine kurze Pause einlegten.

„Ihr vielleicht, ich nicht. Ich bin nur noch heute da.“ Peter schüttelte seinen Kopf. „Und eigentlich habe ich schon die ganze Woche Urlaub.“

„Wolltest du denn verreisen?“ Jerrys Stimme war teilnahmsvoll.

„Nein, das Verreisen kommt später. Ich heirate morgen.“

Ruhe.

„Und warum musst du das dann machen?“, fragte ich entsetzt. „Konnte das kein anderer übernehmen?“

„Nein, leider nicht.“ Er verzog sein Gesicht. „Aber wir schaffen das.“

„Was sagt denn deine Zukünftige dazu?“

„Sie ist `begeistert´. Wenn ich heute Abend nicht beim Poltern erscheine, lässt sie sich morgen scheiden.“

„Wow.“

„Oh.“

Wir nahmen unsere vollen Kaffeetassen und begaben uns wieder an den jeweiligen Arbeitsplatz. Eigentlich ging ich mit keinem guten Beispiel voran, denn ich war es doch, der im Vorfeld darauf bestanden hatte, nie eine Kaffeetasse am Arbeitsplatz sehen zu wollen.

Aber in diesem Falle galt das nicht. Wie war es mit den Ausnahmen, die die Regel bestimmten?

Wir arbeiteten jetzt hoch konzentriert, um vielleicht doch noch etwas früher als vorauszusehen fertig zu werden. Aber der Kaffee drückte, also entschuldigte ich mich für einen kleinen Moment.

„Wo willst du denn hin?“, fragte Jerry ungeduldig.

„In den Kindergarten. Ich muss mal, äh, auf Toilette.“

„Wir haben hier auch eine.“

„Oh.“

So weit war es schon gekommen …

Am Ende konnte sich Peter gegen zwei loseisen. Er war sich aber nicht sicher, ob wir wirklich alles verstanden hatten und gab uns deshalb die Nummer eines Kollegen. Ihn selbst würden wir die nächsten drei Wochen nicht stören können.

Es hörte sich aber so an, als ob er damit meinte, dass wir ihn keinesfalls stören dürften …

Und auch unser Freitag war produktiv. Wir räumten die restlichen Dinge ein, die Tabletten und das Verbandsmaterial, die Rezepte, Handschuhe und den Kram, den man so im Laufe der Zeit oder vielleicht schon am Montagmorgen gebrauchen würde. Im Warteraum verteilten wir Zeitschriften und stellten Flaschen mit Wasser bereit.

Ein letzter Blick in die Runde, ja, es war alles perfekt. Jetzt konnten wir beruhigt in das Wochenende gehen.

Am Montagmorgen um sieben Uhr würden wir mit Lisa auf die ersten Patienten warten, Marielle käme ab zwei. Wir alle strahlten und freuten uns …

Das Wochenende verbrachten wir voller Vorfreude. Allerdings schlich sich bei uns beiden auch eine gewisse Panik ein.

Jerry bügelte zum x-ten Mal unsere Kittel und ich überprüfte die Schränke in der Praxis. Auch zum x-ten Male …

Gott sei Dank kamen am Sonntagnachmittag unsere Eltern vorbei. Sie hatten Kuchen mit und ich schaute argwöhnisch, welches Paar den Behälter in den Händen trug.

Es war Jerrys Mutter und nun konnte ich mich sogar richtig darauf freuen. Jetzt erst merkten wir, wie hungrig wir doch waren.

Wann hatten wir überhaupt das letzte Mal etwas gegessen?

Die Sache mit den überschüssigen Pflanzen war auch kein Thema mehr, bis zu einem gewissen Grad hatten sie es wohl akzeptiert. Zumindest redeten sie nicht mehr darüber …

Dafür aber umso mehr über die Hühner. Minutenlang standen sie vor deren eingezäunter Fläche und als ich hineinging und die Italienerin mir auf den Arm flog, applaudierten sie sogar.

„Die haben aber nicht alle einen Namen bekommen, oder?“, fragte Jerrys Vater skeptisch.

„Doch natürlich“, antwortete ich. „Wir haben Ilse-Bilse, Gertrud, Marie, Blacky, die Schöne und das ist die Italienerin auf meinem Arm. Der Hahn heißt August.“

„Das wird aber später schwer für euch, wenn die im Suppentopf landen“, warnte uns Jerrys Mutter vor.

„Die landen nicht im Suppentopf, Mama."

„Wir essen doch nicht unsere liebgewonnenen Tiere, denen wir Namen gegeben haben", entrüstete ich mich, „und schon gar nicht, wenn sie einem aus der Hand fressen."

„Erika!"

„Ich stehe neben dir, du musst nicht so brüllen."

„Das ist nicht unser Sohn. Hast du das gehört? Die haben die Hühner zum Angucken."

„Sie legen Eier." Dann schaute sie zu mir. „Das tun sie doch, oder?"

„Natürlich. Mittlerweile sogar alle." Ich stutzte kurz. „Na außer August. Der nicht."

„Und was macht ihr mit ihnen, wenn sie keine Eier mehr legen?", wollte Jerrys Vater wissen.

„Na füttern und streicheln, was denn sonst?"

„Erika!"

Den Abend verbrachten wir wieder allein. Es war schön warm, wir saßen draußen und hatten uns ein Glas Wein gegönnt, um noch ein wenig zu entspannen.

„Du", sagte Jerry plötzlich, „wir müssen noch mal über unsere Öffnungszeiten reden."

„Das ist jetzt nicht dein Ernst, oder?", fragte ich vollkommen entgeistert. „Wir machen morgen früh auf. Warum hast du nicht schon vor Wochen Einwände gehabt?"

„Da war das einfach noch zu weit weg."

„Ist klar, jetzt nicht mehr. Was hast du gegen die Öffnungszeiten? Montag bis

Donnerstag von acht bis zwölf und vierzehn bis achtzehn Uhr. Was stimmt damit nicht, wir haben sogar zwei Stunden Pause dazwischen."

„Die Patienten vielleicht, das weißt du genau. Wir schaufeln uns in der Zeit schnell was zu essen rein und schreiben dann Berichte oder Gutachten. Nach Feierabend genauso."

„Dafür arbeiten wir freitags nur bis eins."

„Um am Nachmittag all das Liegengebliebene nachzuholen. Nein, ich brauche einen freien Vormittag oder Nachmittag. Wir müssen schließlich auch irgendwann einmal einkaufen. Und komm mir bloß nicht mit dem Samstag, da haben wir sowieso meistens Bereitschaft."

„Am Mittwochvormittag kommen die Händler ins Dorf. Da halten hier ein Bäckerauto, ein Fleischerwagen und der Lebensmittelbus", erklärte ich neunmalklug. Das hatte ich nämlich erst vor einigen Tagen am Gemeindeaushang gelesen.

„Gut, dann machst du Mittwochvormittag frei und erledigst in der Zeit die Einkäufe. Wird ja recht schnell gehen, wenn die schon fast vor unserer Haustür stehen."

Sieh an, sie kannte den Aushang also auch.

„Und für unsere Patienten ändert sich nichts, weil die Praxis offen ist. Wir vergeben nur die Termine dementsprechend.“

Ich dachte nach. Warum eigentlich nicht? Ihr Plan hatte etwas für sich.

„Und an welchem Tag willst du frei machen?“

„Ich nehme den Freitag, da falle ich am wenigsten aus.“ Ich stutzte.

„So so.“ Ich schmunzelte nach einer Weile, in der der Groschen gefallen war. „Da fällst du also am wenigsten aus. Ist das nicht der Tag mit dem längsten Vormittagsdienst?“

„Echt?“, fragte sie scheinheilig und grinste dabei.

„Du hast dann ja einen ganzen Tag frei, nicht nur den Vormittag“, echauffierte ich mich künstlich.

„Du vergisst die Berichte und Gutachten.“

„Die wirst du alle in der Woche abarbeiten, selbst wenn du nachts um zwei noch daran hängst.“

„Vielleicht …“

Wir gingen ziemlich zeitig ins Bett, um ausgeschlafen und munter zu unserem ersten Dienst zu erscheinen.

„Meinst du, dass morgen schon Patienten kommen?“, fragte Jerry.

„Na klar, selbstverständlich“, antwortete ich voller Überzeugung. Aber im Inneren zweifelte auch ich.

Was, wenn die Praxis nicht angenommen würde? Wir hatten uns finanziell bis zum Stehkragen verschuldet und ob wir wieder so eine gute Anstellung bekämen, wie wir sie aufgegeben hatten, war auch fraglich.

Doch ich wollte jetzt nicht mehr darüber nachdenken, also rollte ich mich zu Jerry …

Nerven

Ich öffnete die Augen. Es war schon hell und der Wecker zeigte fünf Uhr. Das war entschieden zu früh zum Aufstehen. Ich konnte mindestens noch eine Stunde schlafen, also schloss ich meine Augen wieder. Doch vergebens, ich war hellwach.

Was soll's, dann mache ich eben Frühstück und überrasche Jerry damit. Als ich mich jedoch umdrehte, war das Bett neben mir bereits leer. Ich stand auf und ging im Schlafanzug in die Praxis. Jerry bediente gerade den Kaffeeautomaten und im Gegensatz zu mir war sie schon fertig angezogen.

„Wann bist du denn aufgestanden?“

„Noch nicht lange.“

Ich war zwar kopfmäßig noch nicht im Hochleistungsbetrieb, merkte aber trotzdem, dass die Antwort nicht ganz zu meiner Frage passte.

„Wann?“

„Gegen vier.“

„Warum?“

Sie gab mir stattdessen den Pott mit frisch gebrühtem Kaffee. Ich schaute sie an.

„Ich bin nervös. Was ist, wenn sie uns nicht mögen?“

„Dich werden sie lieben. Leider. Aber selbst, wenn nicht, ist das vollkommen egal. Die Leute im Wartezimmer sind krank und benötigen Hilfe. Unsere. Und sie werden merken, dass wir gut sind. Also beruhige dich, alles wird gut.“ Oder viel schlimmer, dachte ich bei mir …

Wir tranken noch einen Kaffee und danach einen weiteren. Jerry hatte auch noch etwas vom gestrigen Kuchen geholt, den wir zusammen verspeisten. Kurz nach sieben Uhr klingelte mein Telefon.

„Hier ist Lisa. Ich hatte einen Unfall und bin jetzt im Krankenhaus zur Durchsicht. Die wollen mich dabehalten“, schluchzte sie plötzlich los. „Aber ich habe gar nichts, lediglich mein Hintern ist lädiert. Äh, ich meine, mein Auto ist Schrott. Hinten zumindest.“

Wir beruhigten sie so gut es ging. Lisa wollte bestimmt überpünktlich in der Praxis erscheinen, auch sie war heute Morgen nervös.

Dann knallte ihr einer hinten drauf, als sie an der roten Ampel stand. Da sie sich wie eine Wilde gebärdet und mit Tritten geweigert hatte, in den Krankenwagen zu steigen, wurde sie kurzerhand ruhiggestellt. Man glaubte, sie stände unter Schock.

Nein, sie nicht, wir aber jetzt schon …

Sofort riefen wir Mariella an, doch bei ihr klingelte es nur. Beim zwanzigsten oder vielleicht auch erst beim dreißigsten Versuch nahm sie ab. Aber sie war kaum zu verstehen. Erst, als sie das Telefon weiterreichte, erfuhren wir von einem Arzt den Grund.

Mariella hatte gerade eine Spritze bekommen. Da sie Angst vor dem Bohren hatte und der Zahnarzt arbeiten wollte, ohne dass ihm ständig in die Hände gegriffen wurde, betäubte er den entsprechenden Bereich.

Schließlich war Mariella schon seit Kindertagen seine Patientin und er hatte mehrmals zu spüren bekommen, über wie viel Kraft sie verfügte.

Sie versprach, so schnell wie möglich zu kommen, jedoch nicht, ohne sich vorher nach Lisa erkundigt zu haben …

Na toll, der große Tag und wir waren nur zu zweit. Wie sollte das denn gehen?

Jerry hatte zwischenzeitlich schon die Außentür aufgeschlossen und schaute in ihre leere Kaffeetasse.

„Ich bräuchte jetzt eigentlich etwas Stärkeres", überlegte sie laut.

„Das wäre aber blöd, wenn die Patienten deine Fahne riechen."

„Auch nicht schlimmer, als von einem Arzt im Schlafanzug behandelt zu werden."

Wir grinsten uns an, doch dann hörten wir im Wartezimmer Geräusche. Mist, der Weg war mir jetzt versperrt. Also musste ich aus dem Fenster springen …

Ich kam auf dem gleichen Weg zurück. Nur gut, dass keiner von dieser Seite auf unser Grundstück schauen konnte. Außer vielleicht vom Kindergarten aus, aber da war noch eine riesige Wiese mit großen Bäumen dazwischen. So gute Augen hatte keiner …

„Hast du das Fenster wieder geschlossen?", fragte Jerry.

„Ja, warum?"

„Ich habe eben ein lautes Gackern von unseren Hühnern gehört."

„Das kann eigentlich nicht sein. Es sind wahrscheinlich nur deine Nerven, die verrücktspielen."

„Das machen sie wirklich."

Wir nahmen uns gegenseitig in die Arme und hielten uns für einen Moment ganz fest.

„Wie wollen wir das jetzt machen?"

„Weiß nicht", antwortete ich ehrlich, „das Beste wird sein, wir gehen ins Wartezimmer und holen uns immer einen Patienten."

„Und wie erklären wir ihnen, warum die Anmeldung nicht besetzt ist?"

„Schatz, das ist unser erster Tag. Woher sollen die wissen, dass normalerweise dort jemand sitzt?"

„Wegen des Schildes. `Bitte erst hier anmelden´ steht drauf. Ziemlich groß und fett sogar."

„Vielleicht können sie nicht lesen."

Jerry hob ihre Augenbrauen.

„Wir sagen es so, wie es ist. Dann haben wir wenigstens ihr Mitleid."

Wir hatten die Türen zwischen den Behandlungszimmern geöffnet. Jerry stand im rechten Zimmer vor ihrer Tür, ich links. Wir wollten pünktlich um acht die Patienten begrüßen und sofort danach den ins Zimmer holen, der uns genau gegenübersaß. Doch Jerry kam noch einmal zu mir gelaufen.

„Sie werden sich aufregen. Wenn einer zuerst da war und wir womöglich die beiden letzten reinholen."

Da hatte sie recht. Unterschätze nie Patienten mit Schmerzen, die können echt garstig werden.

„Egal, wir machen es trotzdem so. Noch entscheiden wir hier."

Ich gab mich ganz bewusst stark, ruhig und ausgeglichen, obwohl ich das genaue Gegenteil davon war, doch Jerry brauchte jetzt Halt, kein wankendes Nervenbündel an ihrer Seite. Ich küsste sie auf die Stirn, drehte sie um und gab ihr einen Klaps auf den Po.

„Na los Kleines, lass es uns rocken."

„Und danach zeige ich dich wegen sexueller Belästigung am Arbeitsplatz an."

Von wegen, sie benötigte Halt und Unterstützung, in ihren Augen saß der pure Schalk.

Wir hielten die Klinken und schauten auf die Uhr. Nur noch ein paar Sekunden. Klack, acht Uhr. Wir rissen förmlich die Türen auf.

Ich trat einen Schritt ins Wartezimmer, schaute mich kurz um und merkte, wie mein Lächeln gefror. Sofort ging ich den Schritt wieder zurück und verschloss ruckartig die Tür. Selbst dabei war Jerry auf ihrer Seite schneller …

Oh mein Gott

„Ich glaube, das war ein Alpaka", vermutete sie, als wir uns im mittleren Raum gegenüberstanden. „Und auf deiner Seite?"

„Ein Hahn und eine Katze."

Wir dachten nach. Dafür brauchten wir schon einige Zeit.

„Vielleicht ist es auf dem Land normal, dass die ihre Haustiere mitbringen“, äußerte ich meine Überlegungen. Und ich verfluchte mich zugleich.

Warum musste ich auch hierher ziehen? Wo die Uhren anders liefen, alle sich duzten und sich auch sonst verdammt merkwürdig aufführten? War die Stadt nicht gut genug für mich?

„Nächster Versuch?“, fragte ich eher zögerlich.

„Ja, aber nur du. Ich bin nebenan“, antwortete sie mit fester Stimme.

Das ließ keinen Widerspruch zu, also nickte ich ergeben. Ich ging in mein Behandlungszimmer und Jerry schloss die Verbindungstür.

Ich atmete noch einmal tief durch und legte dann meine Hand auf die Klinke. „Also los“, sagte ich zu mir und öffnete die Tür. Viele Augenpaare blickten mir entgegen …

„Dann setzen Sie sich doch bitte“, forderte ich die füllige Frau auf, die ihren Kater oder eine Katze beim Hereinkommen im Arm hielt und sich jetzt auf den Schoß legte.

„Ich brauche mal bitte die Karte der Krankenkasse.“

„So etwas gibt es? Hat sie nicht.“

Ich schaute irritiert. Ja, so etwas gibt es und die hat jeder, außer er ist privat versichert. Oder er lebt in diesem Dorf …

„Was haben Sie denn für ein gesundheitliches Problem?“

„Sie kann nicht kacken.“

Normalweise drücken die Patienten diesen Zustand netter aus. Oder vornehmer: `Ich kann nicht auf Toilette gehen´, meinetwegen oder aber `Ich habe keinen Stuhlgang´. Das waren die gebräuchlichsten, am häufigsten gewählten Formulierungen. Hier brachte man es wohl eher sofort auf den Punkt.

Doch problematischer fand ich es, dass sie wiederholt von sich in der dritten Person sprach. Ich hatte nur am Rande der Ausbildung mit dem Fach Psychologie zu tun, aber mir war in Erinnerung geblieben, dass das ein ziemlich eindeutiges Krankheitsbild ist.

„Dann werde ich Sie jetzt an einen Kollegen vermitteln, der sich bestens damit auskennt.“ Ich suchte das Formular für eine Überweisung.

„Sie können das nicht?“

Ich schüttelte den Kopf. Wo waren denn verdammt noch mal die Überweisungen zu finden?

„Darf ich Ihnen wenigstens einmal meine Muschi zeigen?“

Ruckartig drehte ich den Kopf zu ihr. Nein, um Himmels willen, bloß das nicht!

Dann sah ich, wie sie mir die Katze vors Gesicht hielt. Und ich hörte Jerry im Nebenzimmer lachen. Es war zwar leise, aber ich vernahm es trotzdem …

Ich überlegte einige Sekunden, während die Katze vor meinem Gesicht hing, dann hatte ich es begriffen. Wie von der Tarantel gestochen schob ich meinen Stuhl nach hinten und sprang auf.

Die füllige Frau erschrak ganz fürchterlich und die Katze fauchte auch gleich los, aber das bekam ich nur noch am Rande mit.

Ich öffnete die Tür zum Wartezimmer, rannte durch den Raum, öffnete unsere Praxistür und stand draußen.

Nur Augenblicke später erschien Jerry neben mir. Wir starrten auf das Schild, welches über unserem Eingang hing.

„Oh mein Gott“, klagte Jerry und ich dachte etwas Ähnliches. Na ja, bei mir war es wohl eher ein handfestes Fluchen, was mir aber nicht über die Lippen kam. Und es hatte absolut nichts mit dem lieben Herrn dort oben zu tun …

Ich schaffte es, mein eben vorgelegtes Tempo beim Rückweg sogar noch zu erhöhen. Die Frau bat ich, sie möge doch bitte noch einmal im Wartezimmer Platz nehmen. Mit ihrer Katze.

Ich hatte keine Ahnung, ob sie es machen oder doch lieber gleich das Weite suchen würde. Verübeln könnte ich es ihr nicht, aber ich war auch nicht in der Lage, ihr eine plausible Erklärung zu geben. Nein, ich kochte vor Wut …

Ich rief augenblicklich die Werbefirma an und ließ mich mit dem Chef verbinden. Der bekam als Erstes die volle Breitseite meiner

Empörung ab. Doch erstaunlicherweise blieb er am anderen Ende der Leitung sehr ruhig.

Ja klar, weit genug weg, dachte ich mir. Er versprach aber, sich um das Problem zu kümmern und sofort zurückzurufen. Danach legte er auch schon auf.

Ich gab ihm zehn Minuten, länger würde ich keinesfalls auf das `sofort´ warten können. Aus den zehn Minuten wurde aber auch nichts, denn bereits nach zwei Minuten war mein Geduldsfaden gerissen. Ich griff gerade zum Telefon, als es schon läutete.

Das brachte ihm Pluspunkte ein, wenigstens schnell zurückmelden konnte er sich. Doch es kam noch schlimmer. Ich konnte seine Erklärung sogar nachvollziehen …

Josef hatte ja bereits erwähnt, dass ihm ein Mitarbeiter zur Seite stand, der seine Aufträge in Bezug auf inhaltliche Richtigkeit und Rechtschreibung kontrollierte. Als der jetzt meinen Zettel sah, sprang ihm sofort das falsch geschriebene `Tier´ ins Auge.

Da war ihm klar, dass Josef den Fehler verursacht hatte. Also korrigierte und verschönerte er das Ganze.

Unsere Praxis hieß jetzt demzufolge Tom & Jerry, unter meinem Namen stand Onkel

Doktor und unter Jerrys Namen Tier – Onkel Doktor. Dazu gab es noch die Köpfe der bekannten Trickfilmfiguren.

Aber der Chef vermeldete, dass das neue Schild bereits in Arbeit wäre.

„Und auch sämtliche Wegweiser", rief Jerry ins Telefon. Sie hatte sich das Dilemma angesehen und weit brauchte sie dafür ja nicht zu laufen. Im Dorf hing scheinbar an jedem Baum eins …

Nach dem Telefonat saßen wir im mittleren Behandlungszimmer.

„Was stand denn eigentlich auf den Wegweisern?", griff ich das Thema noch einmal auf.

„Na was wohl, Tom und Jerry und darunter Tierarztpraxis."

„Ich schätze, ich habe den Vormittag frei", sagte ich nach einiger Zeit des Nachdenkens. „Du hingegen, mein Schatz, hast jede Menge zu tun. Das sind ja wohl augenscheinlich alles deine Patienten."

Endlich konnten wir wieder lachen.

„Wenn ich das da draußen so sehe, hätten wir wohl doch auf Veterinär machen sollen", überlegte ich laut.

„Ja, ich denke, das haben wir vergeigt. Also los, lass uns arbeiten“, forderte Jerry.

„Was willst du denn machen? Hast du Ahnung von Katzen, Hähnen, Hunden, Meerschweinchen oder Alpakas?“

„Nein, aber von Menschen. Und hast du schon mal einen gesehen, der vollkommen gesund ist?“

Ich schüttelte den Kopf.

„Na also. Vielleicht können wir uns doch noch nützlich machen und helfen.“

Jerry würde recht behalten …

Glücklich

Mittlerweile sind einige Wochen ins Land gegangen, alle Schilder und auch die Werbung im Internet waren auf dem neuesten Stand.

Doch einmal falsch gestreute Informationen halten sich ja bekanntlich ewig …

So passierte es immer noch, dass Frauen und auch Männer mit ihren Tieren die Praxis aufsuchten oder Pferdeanhänger samt Inhalt auf dem Parkplatz standen.

Selbst ein Esel war dabei, doch der hatte keinen Bock auf Doktor. Eine Stunde lang versuchte die Besitzerin ihn zu überzeugen.

Sie redete mitreißend auf ihn ein, motivierte und streichelte ihn, versuchte es mit Leckerli und schob am Ende fest an seinem Hinterteil. Alles vergebens, wie gesagt, der Esel hatte Null Bock auf Doktor …

Wir dagegen empfanden viel Freude bei unserer Arbeit, obwohl einige Patienten noch sturer als der Esel waren, wenn es um neue Behandlungsmethoden ging.

Doch selbst die konnten wir am Ende überzeugen, mit viel Gutzureden und Motivation. Manchmal auch mit einem `Leckerli´, aber niemals, ich schwöre, niemals schoben wir an ihrem Hinterteil …

Das Haus war mittlerweile fertig und sah wirklich viel schöner aus als je zuvor. Wir fühlten uns unsagbar wohl und bereuten nicht eine Sekunde den Schritt in diese, für uns neue Welt.

Der Anbau bekam auch seine drei Meter Verlängerung und ich meine Werkstatt. Doch seit ich die alten Küchenschränke aufgehängt hatte, war ich selbst nicht mehr drin.

Unsere Väter allerdings schon und langsam schwante mir, weshalb die beiden so darauf bestanden hatten …

Apropos Eltern. Die wohnten jetzt abwechselnd und jeweils für eine Woche bei uns oder besser gesagt, in der neuen Gästewohnung in ebendiesem Anbau. Sie schienen sich verdammt wohlzufühlen, wir dadurch jedoch weniger.

Ständig hatten wir das Gefühl, beobachtet oder gar erzogen zu werden. Als ob wir gar nichts könnten oder eben dieses oder jenes nicht richtig machten. Weit gefehlt …

Wir stellten sie kurzerhand vor die Tatsache, dass wir uns anders entschieden hätten. Zu unserem Leben passte kein Nachwuchs mehr, wir wollten allein bleiben und uns selbst verwirklichen.

Erst gab es Diskussionen, dann wurde der Ton rauer und am Ende räumten sie beleidigt das Feld.

Wir wussten nicht, wie lange es dauern würde, bis sie sich wieder einkriegten. Oder verstanden, dass wir auch gerne mal allein sein wollten.

Sie werden es kapieren, denn Jerrys Bäuchlein ist jetzt eigentlich gar nicht mehr zu übersehen …

Die komplette Aurora - Reihe
Jeder Band ein abgeschlossener Fall.
Eine spannende Geschichte voller Wendungen.
Brisant, hochaktuell und fesselnd.
Der MarionettenSpieler
Thriller
Der Magier
Thriller
Senta Meyer
Die Königin
Senta Meyer
Senta Meyer
Die Marionetten
www.guilty-verlag.de

Tanja Scheichl-Ebenhoch
GUILTY